新编古今故事

陈燕松◎编著

人民日报出版社

序

　　中华民族，皇皇历史。古往今来，圣贤道德，英雄义理，百姓智慧，有多少故事穿越时空，不断演绎传颂。这些故事，弘扬中华民族传统美德，在神州大地久久回响。

　　习近平总书记提出："举旗帜，聚民心，育新人，兴文化，展形象。"加强公民道德教育，实施公民道德工程。这是新的目标、新的号角、新的行动。

　　《新编古今故事》，共六辑，包括爱国篇、敬业篇、仁义篇、忠孝篇、诚信篇、友善篇等。讲好这些故事，对于彰显公民道德，提升社会文明，建设美丽中国，无疑将起良好促进作用。

　　是为序。

2018 年 9 月

目/录

爱 国 篇

敬 业 篇

仁义篇

忠 孝 篇

诚 信 篇

友善篇

爱国篇

屈原投江

屈原，战国后期楚国人，官至左徒（副宰相），是我国历史上著名的爱国主义诗人。

屈原一生忧国忧民，为官清正。他坚持变法图强，主张联齐抗秦。结果屡遭陷害，被流放到沅湘流域。在流放的日子里，他徘徊于江边，满腔悲愤。

由于朝廷腐败，奸佞当道，楚国国势日趋颓废。秦国渐渐强大，开始吞并六国。听到秦国攻占楚都郢城的消息，屈原救国壮志难酬，愤懑投汨罗江自尽。

屈原极富文学才赋，写了很多著名诗篇，如《楚辞》《天问》《九歌》《九章》等。"路漫漫其修远兮，吾将上下而求索"，成为千古传诵的名句。

传说，听到屈原投江，百姓争先划着小船去救他。大家怕屈原落水后被鱼吃了，纷纷将米团子投入江中，认为鱼吃了米团子，就不会伤害屈原了。后来，人们将五月初五这日确定为"端午节"。划龙舟，吃粽子，就是为了纪念屈原。

路漫漫其修远兮，
吾将上下而求索。
——屈原

苏武北海牧羊

苏武，西汉人，为中郎将。汉武帝时，他被委任为汉使，手持旌节，率队出使匈奴，主张汉匈和好。

到匈奴后，因匈奴内乱受牵连，被匈奴单于扣留。单于将苏武关在冰冷的地窖里，不给吃喝，不给取暖，百般折磨，企图逼他屈服，劝他归降。苏武肩负汉朝使命，一心报国，虽然饥寒交迫，受尽凌辱，但坚持不降。

后来，单于又将苏武流放到北海（今贝加尔湖），让他牧羊，并扬言：只要公羊生了小羊，就放苏武回国。公羊怎么会生小羊呢？这只不过是想长期监禁苏武罢了。苏武牢记使命，依然坚持不降。苏武北海牧羊十几年，受尽贫寒困苦，过着非人的生活。最后，他历尽千辛万苦，终于返回故土长安。

苏武北海牧羊，其爱国精神，其民族气节，其坚忍品格，一直为后人所敬仰。这个故事也一直传诵至今。

富贵不能淫，
贫贱不能移，
威武不能屈。
——孟子

飞将军李广戍边

李广，西汉人。西汉时，匈奴经常侵犯边境，百姓流离失所，苦不堪言。李广年轻时，就参军抗击匈奴，保卫国家。他说："国家有难，我自当奋勇向前。"在战斗中，他智勇双全，很快就成为一名出色的将军。

李广英勇无敌，善于带兵打仗，令匈奴闻风丧胆。一方面，他精于骑射，武艺超群；另一方面，他治军有方，爱护士兵。在李广的指挥下，汉军打了很多胜仗。"射虎穿石""追射匈奴"等传奇故事，广为流传。

匈奴称李广为"汉朝的飞将军"。听说李广驻守边境，便不敢入侵。王昌龄的《出塞》诗"但使龙城飞将在，不教胡马度阴山"说的就是李广。

这个故事告诉我们，爱国精神，永远是历史的主旋律，永远值得人们宏扬，永远值得人们称颂。

花木兰替父从军

北魏时期，北方游牧民族经常南下袭扰，中原百姓生活不得安宁。为了保卫边疆，官府规定，每户人家必须征用一名男丁参军作战。

花木兰的父亲年纪已大，身体又不好，不能再上前线了。弟弟年纪还小，不够当兵年龄。按理说，花家可以向官府报请，免于出征。

花木兰想，参军作战，保家卫国，是一件好事，自己应当出力。于是，她决定女扮男装，代父从军。

连续几年，花木兰与战友们一同风餐露宿，英勇杀敌，终于取得了胜利。由于花木兰做事谨慎，战友们都没有发现木兰是女儿身。直到凯旋，战友们相约到花家欢聚畅饮，木兰还原姑娘本相，大家才发现原来木兰代父从军。

皇帝知道花木兰的事迹后，想给她封官，奖金赏银。花木兰却放弃这一切，回家侍奉双亲去了。

冷热处存一热心，
便得许多真趣味。
　　　　——《菜根谭》

杨家将忠贞报国

北宋时期，有一个英雄家族，名叫杨家将。杨家将忠贞报国、英勇杀敌的故事，在我国流传最广、影响最大。

当时，辽国强悍，常常南下入侵中原。北宋大将杨业，又叫杨令公，带领七个儿子，率兵奋勇抗敌。在战场上，杨令公的老大、老二、老三、老七四个儿子英勇牺牲，老四流落他乡，老五被逼出家。杨业被虏不屈，绝食三日而死。唯第六子杨延昭幸存回国。

杨延昭被任命为三关统帅，长期为国镇守边关，立下赫赫战功。后来，杨延昭的儿媳穆桂英，挂帅出征，打破天门阵，杀退辽兵进犯，为国建立奇功。再后来，辽兵又再进犯。令公夫人佘太君，不顾高龄，毅然再次请命，率领杨门女将，上阵杀敌。杨家满门忠烈，前赴后继，血战报国，确保了边境安宁。

杨家将的故事，千百年来被广为流传。杨家将成为忠勇爱国的典范。

岳母刺字

北宋末期，金兵入侵中原，黄河以北国土大都沦落。百姓陷于战乱之中，流离失所，生活困苦。岳飞的母亲，是个贤德明理的人，经常对少年岳飞进行爱国教育，鼓励他要苦练本领，长大杀敌立功，收复中原大好河山。

有一天，岳母对岳飞说："你已长大，男儿志在四方，应当考虑为国家做事了。"岳飞听了母亲的话，慷慨激昂地说："我要投军杀敌，保家卫国。"岳母听后很是高兴，连声称好。便让岳飞脱光上身，蹲下身去，在他背上刻下"精忠报国"四个大字，鼓励岳飞报效国家。

岳飞牢记母命，英勇杀敌，很快当上了将军。后来，又当上了抗金统帅，组织"岳家军"，连克金兵，收复失地，为南宋立下赫赫战功。"精忠报国""还我河山"就是岳飞爱国精神的写照。民族英雄岳飞，也成为后人敬仰的典范。

这个故事告诉我们，爱国主义教育，要从小抓起，从家庭抓起。现代社会，"刺字"表志不值得提倡，但爱国主义要永远铭记心中。

待从头、
收拾旧山河，
朝天阙。
——岳飞《满江红》

辛弃疾抗金

南宋时期，有一位著名词人，名叫辛弃疾，字幼安，号稼轩。辛弃疾一生坚决主张抗金，收复失地，重整河山。他说："保卫国家，男儿本色。"后人又称辛弃疾为爱国词人。

辛弃疾青年时，就曾亲率两千民众，参加北方义军，壮大抗金力量。辛弃疾历任湖北、江西、福建、湖南、浙江安抚使等职。每到一处，他都动员民众勇赴国难，抗击金兵。他曾向南宋皇帝上书进奏《美芹十论》，分析敌我态势，提出强兵复国的规划。在奏书中，既表现出爱国热忱，又显示了卓越军事才能。

辛弃疾既是能征善战的民族英雄，也是开一代词风的伟大词人。他的词与北宋苏轼齐名，并称"苏辛"。后人评他的词"横绝六合，扫空万古，自有苍生所未见"。辛弃疾曾写道："道男儿到死心如铁，看试手，补天裂。"诗中尽显铮铮铁骨和爱国情怀。

文天祥丹心照汗青

南宋末期，蒙古军队统一北方后，开始侵犯中原，大片国土沦丧。长江以北，全部成了元军的天下。

文天祥勇赴国难，挺身而出，起兵抵抗，但都失败了。第一次被元军俘虏后，他机智逃脱。此后，文天祥忠勇报国矢志不移，又继续募兵抗元。

1278 年，在与元军激战中，文天祥第二次被俘。当他被押到敌军首领面前，元兵喝令他跪拜。他大义凛然地说："我是宋朝人，死也不拜！"并破口大骂，只求速死。

元军素闻文天祥威名，想诱其归降，不想马上处死他。把他押在军中，随元军进退。途经零丁洋时，文天祥感慨万分，写下《过零丁洋》一诗。"人生自古谁无死，留取丹心照汗青"表现出其忠勇报国的铮铮铁骨。

元军诱降文天祥不成，便杀了他。文天祥英勇就义。

这个故事告诉我们，中华儿女忠勇报国，其英雄气概将彪炳千秋，为人们称颂。

戚继光抗倭

明朝年间，日本海盗（倭寇）经常骚扰福建、浙江沿海地区，烧杀抢掠，无恶不作。沿海百姓深受其害，祸患连连。

明朝朝廷派戚继光率军到闽浙沿海驱逐倭寇。戚继光到福建泉州、漳州等地，兴建城堡，筑水操台，多次打败倭寇。令倭寇闻风丧胆。凡是戚继光率军驻扎的地方，倭寇都不敢滋扰生事。戚继光的部队，被当地百姓称为"戚家军"，威名远扬。

戚继光英勇善战，治军却是极严。有一次，他的手下参将侮辱了驻地一名村姑，致使村姑悬梁自尽。百姓抬着尸体找戚继光告状。戚继光怒不可遏地说："这样的人，与倭寇有何差别？"立即将他斩首示众。

戚继光执法严明的故事，也流传下来。

这个故事告诉我们，治军与治国一样，都要执法严明。有纪律的部队，才有战斗力，才能打胜仗。

公生明，偏生暗。

——《荀子·不苟》

郑成功收复台湾

郑成功，明末抗清将领。隆武帝赐国姓朱，赐名成功，世称"国姓爷"。

1624 年，荷兰殖民主义者侵占中国台湾。青年将领郑成功忠勇报国，热血沸腾，决心在有生之年收复台湾，驱逐侵略者。

1661 年 3 月，郑成功经过多年准备，认为收复台湾时机已经成熟。他亲率将士两万五千人，分乘百艘战船，从福建金门出发。荷兰侵略者闻郑成功率军收复台湾，十分惊恐，急忙召集军队，集中在台湾东平、赤嵌（今台南）两座城堡。郑军趁海水涨潮将船驶进鹿耳门内海，主力从禾寮港登陆，侧击赤嵌城，切断它与东平城堡的联系。在战斗中，郑军以 60 艘战船围住荷军"赫克托号"战舰，并一齐发炮，将其击沉。与此同时，分兵击退了东平来援之敌。

经过八个月的围困、战斗，郑成功正义之师愈战愈勇，终于从荷兰侵略者手中收复了沦陷 38 年的中国宝岛台湾。

这个故事告诉我们，国家利益高于一切。要敢于英勇杀敌，维护国家尊严。

陈化成抗英

在我国近代史上，有一位民族英雄，名字叫陈化成。1840 年，英帝国发动侵华战争。陈化成时任江南水师提督。

有一天，英军进攻炮台，炮火极为猛烈。陈化成亲率士兵坚守炮台，誓与侵略者决一死战。他对兵士们说："人终有一死。为国杀敌，为国而死，死又何妨？"

英军久攻主炮台不下，改变战术，多处发起攻击。主炮台周边，渐为英军攻占。在腹背受敌的情况下，副将周世荣心生怯意，劝他撤退。陈化成拔出利剑，大声斥责。接着，他亲自操炮发射，手磨出血，全然不顾。英军攻了上来。在与英军激战中，陈化成七处受伤。到最后关头，陈化成仍挥刀呐喊，直至倒在血泊之中。时年 66 岁。

这则故事使我们看到了中华民族先烈们不畏强暴、英勇战斗的光辉形象。司马迁说："人固有一死，或重于泰山，或轻于鸿毛。"陈化成为国壮烈牺牲，重于泰山。

谭嗣同变法图强

谭嗣同，字复生，号壮飞，湖南浏阳人。中国近代政治家、思想家，维新派人士，为"戊戌六君子"之一。

谭嗣同勤奋读书，务求广博，好讲经世济民学问。少年时，仰慕侠士锄强济弱，杀尽天下不平。青年时，研究王阳明等人的著作，深受影响，主张民主治政，呼号变法救国。他认为，必当实行社会改革，才能救亡图存。为此，谭嗣同到处抨击旧政，宣传变法，成为维新运动的激进派。

1898 年 7 月，清光绪帝征召谭嗣同进京，与康有为、刘光第等一起共同主持变法。变法启动，新政推行，令清朝顽固派惶惶不安。慈禧太后决定废黜光绪，扑灭新政，密令于同年 9 月发动兵变。谭嗣同奉命密会新军将领袁世凯，希望袁率兵入京，清除顽固派，后来被袁出卖。变法遂告失败。

有人劝谭嗣同离开避难。谭嗣同铁骨铮铮，决不退缩。他说："我愿以我的头颅，唤醒四万万同胞。"最后，英勇就义。

这个故事告诉我们，只有改革，才能图强，才能发展。

世間萬物撫春榮，
合向蒼冥一哭休。
四萬萬人齊淚下，
天涯何處是神州。

捐躯赴国难，
视死忽如归。
——曹植

鉴湖女侠秋瑾

秋瑾，浙江绍兴人。幼年随兄到私塾读书，好文史，能诗词。15 岁时，跟表兄学习骑马击剑。1896 年，与浙江双峰县人王廷钧结婚。秋瑾的父亲秋寿南，当过清朝的官。

1904 年，秋瑾追求自由平等，冲破封建束缚，东渡日本留学。留学期间，结识黄兴、宋教仁、陈元华、周树人（鲁迅）等。秋瑾积极参加活动，主办《白话》月刊。秋瑾主张女性解放、男女平等。

1905 年 5 月，秋瑾回国，会晤蔡元培、徐锡麟，并由徐介绍参加光复会。同年 7 月，再赴日本，在黄兴寓所加入同盟会。秋瑾号称"鉴湖女侠"，写下很多英雄诗篇，如"拼将十万头颅血，须把乾坤力挽回"。

1907 年 7 月，徐锡麟在安庆起义失败。有人劝秋瑾离开绍兴，暂避风头。秋瑾慨然拒绝，坚守绍兴南通学堂，被捕。五天后，秋瑾从容就义。

秋瑾是中华杰出先烈、辛亥英雄。秋瑾向往自由，追求解放，被誉为"先驱者""革命家"。

拼将十万头颅血，
须把乾坤力挽回。
——秋瑾

抗日英雄杨靖宇

　　杨靖宇，抗日英雄。1929 年春，化名张贯一，来到东北，任中共抚顺特别支部书记，从事地下活动。他曾两次入狱，备受日本警察署严刑拷打，坚贞不屈。

　　后来，杨靖宇组织了东北民主抗日联军，任总司令，多次与日军进行殊死战斗。1940 年年初，杨靖宇率抗联战士与敌作战 50 多天，大小战斗 40 多次。在日军的疯狂围剿下，抗联陷入困境，弹尽粮绝。战士们以草根、树皮充饥，将衣里棉絮掏出来吞咽。日军曾千方百计劝诱投降。杨靖宇坚定地说："为了中华民族的解放事业，头颅不惜抛掉，热血可以抛洒，坚贞不贰的意志不可动摇。"

　　日军看到抗联不断壮大，十分恐惧，调集重兵加紧围剿。在一次战斗中，杨靖宇所部被日军围困。他身负重伤，啃不动树皮，只得将棉衣里的棉花和着冰雪吞咽充饥。日军劝降不成，便放乱枪，杨靖宇壮烈牺牲，年仅 35 岁。残忍的日军剖开他的遗体，看到他的胃里只有野草和棉絮。侵略者惊呆了，震撼了，强烈感受到中国人民的英勇与强大。

　　这个故事告诉我们，爱国的力量何其强大，何其深沉！

"中国铁路之父" 詹天佑

詹天佑,广东南海人,中国首位铁路工程师,有"中国铁路之父"之称。

詹天佑,于1861年出生于一个普通茶商家庭。少年时,他对机器十分兴趣,常和邻里孩子仿做机器模型。十二岁时,詹天佑报考清政府筹办的"幼儿出洋预习班"。后来,他辞别父母,怀抱学习西方"技艺"的理想,到美国就读。

在美国,詹天佑目睹北美西欧的科技成就,感慨万千。他坚定地说,"今后,中国也要有火车、轮船。"他于1877年考入耶鲁大学土木工程系,专攻铁路工程。詹天佑刻苦学习,以突出成绩在毕业考试中名列第一。1881年,詹天佑学成回国,满腔热忱地准备将所学本领贡献给祖国铁路事业。

回国后,詹天佑报国之路曲折,备受艰辛。到1888年,詹天佑几经周折,方进入中国铁路公司任工程师。1905年,清政府决定兴建我国第一条铁路京张铁路(北京至张家口)。詹天佑担任主要设计师。面对英俄等国的不屑与嘲讽,詹天佑为祖国修好铁路的决心坚定不移。他与技术人员、工人克尽艰辛,奋战四年。

京张铁路终于在 1909 年 9 月全线通车，且工期提前二年，工程费用仅是外国人估价的五分之一。一些欧美工程师乘车参观后连连赞叹。詹天佑为祖国争得了荣誉。

辛亥革命后，詹天佑为振兴中国铁路事业，发起成立"中华工程学会"，并被推任为会长。中华民国政府成立后，他被委任为交通部技监，主持铁路建设。此后，詹天佑为国家修建了多条铁路。1987 年，青龙桥火车站建成"詹天佑纪念馆"；2005 年，张家口南站广场，建起詹天佑塑像。

詹天佑为国争光，一生奉献祖国铁路建设，为后人所称颂。

张自忠精忠报国

张自忠将军，1891 年生于山东临清。青年时代，他目睹当时社会黑暗，忧国忧民的思想油然而生。于是，张自忠慨然自诺："生当人杰，为国尽忠。"

1930 年，张自忠任国民党第 29 军 38 师师长。1933 年年初，张自忠将军率兵参加"长城抗战"。他巧妙运用近战与夜袭战术，与日军两个精锐师团激战于长城要隘，令敌兵丧胆，成为一代抗日名将。

抗战全面爆发后，张自忠任国民党第 59 军军长。在临沂战场，张自忠率部同围城日军进行十余天的殊死激战，保证了"台儿庄大捷"。后来，他又升任第 33 集团军总司令。

1940 年 4 月，张自忠率部与日军激战。敌人集中兵力 30 余万人，向张部发起疯狂进攻。在一次战斗中，张自忠临危不惧，亲自督战，最后受伤血流不止。临终前，他坦然地说："我力战而死，这样死得好，死得光荣，对国家对人民可告无愧，良心平安。"说完壮烈殉国，终年 49 岁。

周恩来称赞张自忠为"我国抗战军人之魂"。

狼牙山五壮士

抗日战争中，涌现出成千上万的英雄。狼牙山五壮士，就是其中的英雄群体。

1941年9月23日，日伪军3000多人进攻易县。狼牙山位于易县西南方向，包括棋盘陀5坨36峰。当时，一分区一团七连负责在狼牙山狙击敌人，掩护群众转移。敌军人员多，来势猛，战斗极其激烈。至25日凌晨，大部分群众已经转移。七连连长将二排六班留下，完成最后的掩护任务。

六班有班长马宝玉，副班长葛振林和战士胡德林、胡福才、宋学义5人。9月25日清晨，500多名日伪军向棋盘陀发起猛烈攻击。六班战士凭据天险，扼守要道，英勇顽强，同敌人激战5小时，打退敌人4次冲锋。为让群众赢得更多转移时间，六班边打边退，将敌军引向峰顶。此时，峰下就是悬崖，无路可退。他们打光最后一粒子弹，扔出最后一颗手榴弹，用石块砸向敌人。在最后关头，五战士宁死不屈，一起纵身跳下悬崖。

狼牙山五壮士英勇战斗，视死如归，其大无畏英雄气概可歌可泣。

生当做人杰，
死亦为鬼雄。
——李清照

陈嘉庚办学图教育强国

陈嘉庚先生，福建厦门人。现代爱国华侨，南洋侨领。他出身贫寒，早年家里日子过得相当清苦。青年时，为谋生计，远渡南洋，在南洋经商数十年。他仁义待人，诚信办事，生意越做越大，富甲一方。

抗战时期，面对民族危难，他主动捐献巨资，购买军用物资运回国，全力支持祖国抗战。同时，他又发动南洋华侨捐款捐物，并组织"南洋机工"，支持抗战事业。

陈嘉庚深知，教育乃为国之本。教育事业，对中华民族走向富强何等重要。于是，他矢志不渝，潜心办学。他自筹巨额资金，在故乡办集美学村，办厦门大学，为国家培养了大量有用人才。陈嘉庚自身却生活俭朴，吃家常饭，穿普通衣服。后来，他将集美学校、厦门大学全部捐献给国家。

陈嘉庚支持抗战，倾心办学，图国家富强，被誉为"华侨旗帜，民族光辉"。

这个故事告诉我们，只有发展教育，民族才能富强。现代社会，教育事业于我们而言同样重要。

好仁者无以为尚。

——《论语·里仁》

钱学森的科技强国梦

1955 年，有一个激动人心的消息传遍科技界："钱学森冲破牢笼返回祖国了。"

钱学森，于 1935 年赴美留学，研究航空工程和空气动力学，获得加利福尼亚工学院博士学位。后来，他担任该校超音速实验室主任及喷气推进研究中心负责人。中华人民共和国成立的消息传到美国，钱学森想：中国积贫积弱，科学落后，我是中国人，我一定要为国效力，科技强国。于是，他决定放弃优裕的工作和生活条件，回来为新中国服务。

美国当局获悉后，突然将他扣留。后来，又将他关了起来，以种种"罪名"迫害他，摧残他。在美国科学界友好人士和在美华侨的积极营救下，钱学森被放了出来。但受到严密监视，不准回国。钱学森爱国之心并没有冷却。他坚毅地说："祖国养育了我，我要报效祖国，我一定要回国去。"在被监控 5 年后。经多方努力，他终于在 1955 年回到祖国怀抱。

钱学森回国后，展现了非凡才智，奉献了光辉一生，为中国科技事业和军事发展做出重大贡献，其卓著功勋永远载入共和国史册。钱学森被誉为"国家杰出贡献科学家"。

这个故事告诉我们，爱国精神，科技强国，十分重要。我们要学习钱学森为科技强国奋斗终生的精神，为实现中国梦做出积极贡献。

"两弹"元勋邓稼先

邓稼先，中国科学院院士，著名核物理学家，中国核武器研制工作的开拓者、奠基者。

1948 年，邓稼先胸怀"科技救国"理想，远赴美国留学。由于成绩突出，不出两年便获博士学位。时年，他刚满 26 岁，人们戏称其为"娃娃博士"。新中国刚成立，邓稼先毅然放弃优厚条件，回国参加祖国建设。有人问邓稼先："你带了啥回来？"邓稼先笑着回答："我带了一脑袋关于原子核的知识。"

回国初始八年，邓稼先从事原子核理论研究。1958 年秋，二机部副部长钱三强找到邓稼先，说"国家要放一个大炮仗"，请他参加"放炮"。邓稼先毫不犹豫："好，我去。"从此，他一"失踪"就是 20 多年。

邓稼先先是躲进研究所，搞研究，做课题。后来，他顶着严寒酷暑，在试验场度过整整 8 年单身生活。再后来，他又冒着生命危险，15 次亲临现场领导核试验。1964 年 10 月，中国成功爆炸了第一颗原子弹。1984 年，中国成功进行了第二代新式核武器试验。"大炮仗"放了，邓稼先的心花开了。

1985 年，邓稼先走了。他死得其所，重于泰山。他教会我们该如何热爱祖国。

华罗庚心向祖国

1946 年，著名数学家华罗庚前往美国，受聘为普林顿高级研究所研究员、伊利诺伊大学教授。他的学识和天才，使他得到了优厚的工作条件和生活待遇。在美国，华罗庚既有舒适洋房，又有豪华轿车，不少人以为他会在美国定居。

1949 年 10 月 1 日，中华人民共和国成立了。华罗庚欣闻喜讯，内心激动。他与家人商量后，毅然回国。归国途中，路过香港，他发表了一封致留美学生的公开信。信中说，"为了坚持真理，我们应当回去；为了国家民族，我们应当回去；……，为了我们伟大祖国的建设和发展而奋斗。"

华罗庚回国后，先后担任中科院数学研究所所长、中国科技大学副校长、中科院副院长等职。为了祖国的繁荣昌盛，华罗庚夜以继日，辛劳工作。他将数学方法，创造性地用于国民经济领域。"优选法"在全国被广泛运用，华罗庚为祖国建设做出了卓越贡献，践行了他当初报效祖国的庄严承诺。

敬业篇

大禹治水

三皇五帝时期，黄河流域经常发生洪水灾害。大家一致认为，鲧是能人，让鲧来做治水这件事。鲧采取"堵"的办法，用了九年时间，也没能解决治水的事。后来，大家又推荐鲧的儿子禹来治水。禹通过调查研究，改变父亲的做法，采用"开疏"，挖通九条河，将洪水引到大海。经过十年努力，治服了洪水。史称"大禹治水"。

大禹治水，"三过家门而不入"。为了治水，禹刚结婚四天就离开了妻子涂山氏。治水时，三次经过家门，禹都没有进去看望妻子。连妻子生孩子都没有回去。禹公而忘私，被大家赞颂，尊称为"大禹"。

大禹治水，值得后人学习。第一，用人公正。鲧治水有过，但仍能善用鲧的儿子禹来治水。第二，治水有方。禹采用"疏"，而不是"堵"，治水经验多被后人仿效。第三，敬业精神。禹治水"三过家门而不入"，一心为公，勤勉敬业，是个好官。

敬业者，专心致志，
以事其业也。

——朱熹

祁黄羊荐贤

春秋时期，晋国有个官员，叫祁黄羊。他心胸坦荡，为人正直，做事有原则。

有一天，晋平公问他："你认识的人中，谁可担任南阳县令？"祁黄羊推荐了解狐。晋平公不解，问："我听人说，解狐与你有仇。"祁黄羊答："您问我谁可担任县令，并没有问谁是我的仇人呀。"晋平公听从了祁黄羊的意见。果然，解狐上任后，尽职尽责，努力做事，南阳百姓安居乐业。

过了不久，晋平公问他："你认识的人中，谁可担任京城尉官，负责京城治安？"祁黄羊推荐了祁年。晋平公不解，又问："祁年是你的儿子。你怎么推荐他呢？"祁黄羊答："您问我谁可担任尉官，并没有问谁是我的儿子呀。"晋平公再次听从了祁黄羊的意见。果然，祁年上任后，京城安宁，夜不闭户，路不拾遗。

祁黄羊推荐官员，出于公心，德才优先。"外不避仇，内不避亲"的成语典故，由此而来。

史鱼刚正直笔

春秋末期，卫国有个官员，名叫史鱼。他素来忠正刚勇，敢于直谏。他说：“为国当仗义执言，为人当光明磊落。”

当时，卫灵公宠信佞臣弥子瑕，不论是非曲直，事事言听计从。弥子瑕骄横一世，为所欲为，将朝廷弄得乌烟瘴气。国政糜乱，大臣们敢怒不敢言，大都明哲保身。史鱼不畏生死，多次当众痛斥弥子瑕所作所为。并且犯颜直谏，请求卫灵公应将弥子瑕撤职查办，以正国本。

因此，史鱼遭遇弥子瑕陷害。临终前，史鱼还写下遗书，再次直谏，劝诫卫灵公亲君子，远小人，罢免弥子瑕，还清明于国政。

后人评论史鱼：“刚直不弯，什么时候都像箭一样直。实为刚勇之至。”现代社会，我们也要像史鱼一样，秉性刚直，忠于职守，为国为民，敢于说实话，不计较个人荣辱得失。

腹䵍严守法纪

腹䵍,战国时期秦国人,墨家学说的重要人物。当时,在全国(秦国)很有影响。

有一天,腹䵍的儿子与人争吵,不慎动手杀了人。按照法令,杀人偿命,必须处以重刑。秦惠王素来敬重腹䵍,想为腹䵍的儿子解脱,便对腹䵍说:"先生的儿子杀人,有些意外原因。先生年纪大了,身边又没人照顾。我已命令下臣,叫他们将你儿子判刑下牢,但不要处以极刑。"

腹䵍一听,感到不安,对秦惠王说:"感谢大王好意,但我不能接受。秦国法令,杀人偿命。墨家主张,杀人者理应处死,伤人者当以判刑。这样做,是为了禁止乱杀人和乱伤人。这是公理。大王不能因我而废法度,我也不能违背墨家精神。"

腹䵍这一席话,使秦惠王很受感动。后来,秦惠王安慰了腹䵍一番,重新下令将腹䵍的儿子处死。

腹䵍严守法纪,公正无私,实在令后人称颂。

这个故事告诉我们,实施法治,依法治国,对于国家何等重要。古代如此,现代也如此。

张释之用法公正

汉文帝时，皇城内高祖庙发生了一起盗窃案。由于防范紧密，盗贼在逃跑时被抓，押到廷尉衙门治罪。

盗贼胆大妄为，竟敢潜入皇城里面偷窃。巍巍皇权何在？汉文帝闻讯大怒，下旨给廷尉张释之，令他从严惩处。

张释之接旨之后，马上审讯盗贼。因人赃俱在，盗贼不得不俯首认罪。张释之按照大汉律令，量罪用法，判盗贼斩首弃市之罪（当众斩首，弃尸街头）。

第二天，张释之上朝向汉文帝奏明审判结果。汉文帝一听，发起火来，当廷喝问张释之："盗贼十恶不赦，应以斩首。蔑视大汉皇帝，当处'族诛'（整个家族同罪同诛）。你仅判盗贼一人，用法太轻。皇家颜面何存？"

事关用法公正，张释之不为所动，坚持原判。他说："一国之法，重于泰山。量罪用法，应当求于适当、公正。用法或重或轻，皆是随意滥用。长此以往，必将导致执法混乱，于国家大为不利。"

张释之的话，汉文帝感到在理，也就不再责怪了。自此，张释之用法公正，声名远扬。

　　这个故事告诉我们，量罪用法，在于适量、适度、适当，在于公开、公平、公正。任何人任何事，都应坚持法治，遵守法规，以法律为准绳。

赵奢奉公守法

战国时期，赵国有个大臣叫赵奢。他奉公守法，功勋显赫，被赵惠文王封为子服君，位列上卿。

赵奢原来只是一个普通的税吏。他收税大公无私，一视同仁。有一次，他来到赵惠文王之弟平原君赵胜家收取田税。赵胜的管家仗势欺人，拒付税款，煽动佃农闹事。赵奢不畏权势，严格执法，重重处罚了那些拒税闹事的人。赵胜认为赵奢故意挑衅，怒气冲天，一定要撤赵奢的职，将赵奢下牢。

赵奢主动上门去找赵胜，真心实意地说："您是大王兄弟，国家栋梁，应该带头遵守国家法令。您的管家拒付税款，公然闹事，不严厉处罚行吗？如果百姓都拒付税款，国库空虚，国家岂不大乱？如果您能奉公守法，百姓以您为榜样，那天下就会太平，国家就会富强。您说是吗？"

赵胜也是明白事理之人，听了赵奢这一番话，惭愧万分。赵胜不仅没有为难赵奢，还将他推荐给赵惠文王。赵王封他掌管赵国税收。赵奢上任后，恪尽职守，公正办事，为赵国建功立业。

司马迁秉直写史书

司马迁，字子长，西汉时期著名的史学家、文学家。司马迁任太史令时，大胆直言，替李陵败降之事辩解。汉武帝当庭大怒，将他处以宫刑。后改任中书令。受刑后，司马迁忍辱负重，发奋继续完成《史记》，历 20 余年。被后代尊称为史迁、太史公。

司马迁的《史记》，是中国史学上第一部贯通古今、网罗百代的纪传体通史。也开创了我国传记文学的开端。史记分为本纪、书、表、世家、列传五大部分，全书共 130 篇，52.65 万余字。从传说的黄帝开始，一直写到汉武帝元狩元年。《史记》叙述了我国长达 3000 多年的历史，是"二十五史"之首，被鲁迅誉为"史家之绝唱，无韵之离骚"。

司马迁博学多才，正直秉笔，一部《史记》，成就千古盛名。

郅恽守城门

刘秀夺取政权，建立了东汉。有一天，刘秀想起了一位当皇帝前就结识的熟人——汝南人郅恽，便召见了他。郅恽性格耿直，公正无私，刘秀就选派他去做洛阳东门的守门官。

有一次，刘秀带人到近郊打猎，很晚才回到洛阳。队伍走到洛阳东门时，城门早已关闭。随从侍卫冲着城楼大喊："皇上驾到，赶快开门迎接。"郅恽站在城头，看着城外皇上的队伍，大声回答："朝廷有明文规定，夜间不准打开城门。"刘秀等人，只得绕道西门进城。

第二天，刘秀认为郅恽不讲情面，正想严加训诫。谁知郅恽却一早就递上奏章。奏章说："皇上身为国君，应当以身作则，不能围猎失度，更不能带头违反夜禁法令。"刘秀看完奏章，认为郅恽说得在理。于是，对郅恽忠于职守给予奖赏，对西门守门官徇私通融给予责罚。在朝会上，刘秀当着文武大臣，做了自我批评。

郅恽守城门，忠于职守，不徇私情，流传至今。

不以规矩，不能成方圆。

——《孟子·离娄上》

班固兄妹

东汉时期，有一位著名的史学家，名字叫班固。《汉书》就是他与妹妹班昭一起写的。

班固的父亲，是一位写史的人。他发现司马迁的《史记》，只是写到汉武帝时期，后面的几乎是空白，便按照司马迁的思路，继续写了下去。后来，班固发现父亲仅写粗略大概，史料不多，也不全，写得不够详细。于是，班固集中精力，全力以赴，想要尽快写完这部史书。

不料，当《汉书》即将完成的时候，班固遭到奸人陷害，含冤屈死狱中。《汉书》一书的编纂工作停了下来，很有可能成为有首无尾的残书。

妹妹班昭，素来敬重兄长，对班固惨死，气冲胸臆。她知道，兄长所做的事是一件有意义的事。于是，她发誓要完成兄长未竟的事业。班昭续写了班固未写完的部分。

这个故事告诉我们，敬业须守志。只要认定目标，便要坚持到底，始终如一。

张衡好学

　　张衡，我国东汉时期著名的科学家、文学家。张衡很小的时候，父亲就去世了。家里靠母亲撑持，生活十分贫寒。

　　张衡从小自立自强，勤奋好学。十岁时，他就精通"五经""六艺"，在当地传为美谈。此外，他还喜欢读自然科学方面的书，这在古时候非常难得。

　　一天，张衡读到四句诗，描述北斗七星在各个季节的变化。张衡觉得挺有意思，便将诗的内容绘成了气象图。到了晚上，每有星星出现，张衡都会对着气象图仔细观察。而后，再将观察到的东西记录下来，反复琢磨，刻苦钻研。日复一日，年复一年，他成了天文学迷。他的研究心得越来越多，天文知识越来越丰富。后来，他渐渐发现，那四句诗描述的北斗七星位置并不准确。于是，他重新推研，终于找到了正确答案。

　　多年以后，张衡成为历史上著名的天文学家、地震学家，为我国天文学、地质学的研究做出了重大的贡献。

　　这个故事告诉我们，为学之道，在于博学，在于审问，在于慎思。究其真伪，方能求是。

君子不患位之不尊，
而患德之不崇；
不患禄之不伙，
而耻智之不博。
——《张衡传》

吕蒙正秉公办事

宋朝时期，有一位大臣，名叫吕蒙正。他为人正直，秉公办事，在大臣中素有威望。

有一次，朝廷要选一大臣担任宰相。众大臣认为吕蒙正是最合适的人选，都纷纷向皇帝推荐他。只有一位大臣平日与吕蒙正有过节，便极力反对，还在皇帝面前说了不少坏话。

过后，一位朋友很是愤慨，想要告知吕蒙正，让他记住这个人，找个机会报复惩戒。吕蒙正对这位朋友说："既是皇上要求大家民主推荐，大臣都有推荐的权利，有不同意见也是正常的。你不要告诉我那个人的名字。如果我知道了，我难免会记住那个人。我不想追问那个人，是为了以后能够平和地秉公办事。"

这个故事告诉我们，做人要保持心境平和，这样才能无私无畏，才能秉公办事。

董遇读书巧安排

三国时期，有一个叫董遇的人，自幼家境贫寒，整日为生活奔波。

董遇日子过得忙忙碌碌，也相当辛苦。但只要有空，他就坐下来读书。家里的人对此不理解，劝他："何必太累，影响身体。还是赚钱养家要紧。"董遇说："读书可以学习知识，增长本事。这也是一种持家。"

时间久了，董遇成了远近闻名的博学之人。有人请教董遇："你这么忙，何来的时间读书？"董遇回答："学习要利用'三余'：冬天为一年之余，晚上为一天之余，雨天为平日之余。只要肯下功夫，你就能挤出时间读书。久久为功，书读多了，自然也就有学问了。"

这个故事告诉我们，要立志勤奋学习，善用时间，才能有所进步。现代社会，知识日新月异，生活节奏加快，更应学习董遇善用"三余"时间读书。

闻鸡起舞

东晋时期，有一位练武之人，叫祖逖。他自小志向远大，期望有一天能为国家富强建功立业。

祖逖有个好朋友叫刘琨，也是胸怀大志的人。他们常常聚在一起，习练武功，谈论国家大事。有时，时间太晚了，两人就同床而眠。

有一天半夜，两人躺在床上，还在畅谈未来。忽然，听到远处传来鸡鸣。祖逖非常兴奋，对刘琨说："雄鸡报晓，多么激昂。这是启发我们奋发向上啊！"于是，两人披衣起床，练习剑术。自此，两人晚上一起读书，同床而眠。一听雄鸡报晓，他们便起床练剑，从不间断。功夫不负有心人。多年下来，他们两人皆胸有韬略，武艺高强。

后来，祖逖、刘琨两人都成为东晋将军，成为国家栋梁之材。"闻鸡起舞"的故事也流传下来。

这个故事告诉我们，现代社会，同样必须胸怀大志，发奋努力，才能实现自己既定的目标。

天生我材必有用。

——李白

王献之学书法

王献之，字子敬，东晋著名书法家、诗人。为"书圣"王羲之第七子，与其父并称为书法界"二王"。

王献之从小跟随父亲学习书法。父亲经常指正，但更多地要求他练字要用心、刻苦，书法的基本功要扎实。有一天，他觉得学得差不多了，就写了一个"大"字，拿去给父亲看。王羲之看完，没说什么，随手在"大"下面点了一个点。

王献之不解其意，只好去请教母亲。请教时，他并没有说出那个"点"的事。母亲看完，指着"大"字那一点说："只有这一点写得还不错。"

王献之听了，才知道自己和父亲的书法还相差很远。从此，他更加刻苦练字，并有所创新，终于成了著名的书法家。

这个故事告诉我们，学习不要急于求成，要日精业进，久久为功。

宋璟拒绝奉承

唐朝时期，有一位大臣，名字叫宋璟。

宋璟博览群书，才学过人，且为人正直，爱惜人才，因而名扬天下。

一天，有人交给宋璟一篇文章，请宋璟看看，并向宋璟推荐说："这个人很有才华，文章也写得好。当可大用。"

宋璟接过文章，马上读了起来。他边读边赞扬："不错，不错。"可是，读到后面，宋璟却眉头紧皱起来，面有愤色。原来，这个人在文章中，对宋璟大加奉承。显然，这个人是为了巴结宋璟，搞精神贿赂，让宋璟帮助搭桥铺路。

后来，宋璟并没有推荐这个人。他说："这个人有才，但品行不端，为了做官巴结起我来。有才无德，实在不值得重用。"

这个故事告诉我们，选人用人，以德为先，以公正平和之心量才录用。应慎防有些人为一己之私行歪门邪道。

磨杵成针

李白，唐朝浪漫主义诗人。诗作很多，成就很高，被后人尊称为"诗仙"。

小时候，李白天资聪明，极是贪玩、顽皮，喜欢耍游戏、凑热闹。读书时，他总是坐不住，想跑到外面去，云游一番。老师常常被他弄得哭笑不得，无可奈何。

有一次，家里来了客人，父亲让李白现场作诗。李白满不在乎，很快就完成了。大家都夸他的诗有文采，作得也好。客人走后，父亲却带他到书房，指着满满一屋子的书说："要是将这些书全部读完，你的诗会做得更好。"

李白很不服气，认为父亲不仅不表扬，反而给他出难题，便偷偷溜到外面玩。在河边，遇到一位白发婆婆，正在磨一根铁棍。李白感到好奇，开口就问："婆婆，你为什么要磨铁棍？"老婆婆答："我要做一根绣花针。"李白惊讶了，再问："棍这么粗，怎么有可能磨成细细的绣花针呢？"老婆婆笑着说："只要我每天坚持，一点一点地磨，就一定能做到。"

李白听完老婆婆的话，顿时领悟过来。是啊，只要功夫深，铁杵也能磨成针。我只要肯花时间，肯下功夫，再多的书也能看完。于是，李白赶紧跑回家来，一头扎进书房读书。读呀，读呀，经过几年，父亲让他读的满满一屋子的书，全都读完了。

"天生我材必有用。"李白能写那么多诗，成为名扬千古的"诗仙"，是他勤奋学习的结果。

司马光潜心编写《资治通鉴》

　　司马光，北宋政治家、史学家、文学家。他为人谦让，禀性刚正，读书用功，做事勤勉。司马光堪称儒家典范，历来受人景仰。

　　宋神宗时，司马光因政见不同，极力反对王安石变法，被迫离开朝廷15年。仕途虽然不顺，但并未影响司马光为人为学的心志。在此期间，他博览群书，查阅资料，潜心编写《资治通鉴》。

　　《资治通鉴》是一部多卷本编年体史书，有294卷，涵盖从周威烈王二十三年（前403）至五代后周世宗显德六年(959)，共16朝，历1362年的历史。全书300多万字。

　　《资治通鉴》内容以政治、军事史实为主，展示了历代君主之道和民众生活。该书"鉴于往事，有资于治道"，成为历代统治者为政经典，在我国史学上占有重要地位。

　　这个故事告诉我们，只要忠诚谋国，造福社会，就可不堕青云之志，有所作为。

王安石梦笔生花

北宋时期，有一个人名叫王安石。他官至宰相，力图变法。他的诗歌、散文都写得好，是著名的文学家。

王安石从小就勤奋好学。有一次，他读到一本书，书中说了一个故事。说是唐朝诗仙李白，曾经梦见一支能生出鲜花的笔，从此诗意奔涌，绵绵不绝，名闻天下。王安石问老师："我能找到这样的笔吗？"老师笑了，回答说："你只要用心写文章，写得多了，就能够找到这支笔。"

从此，王安石勤学勤写，几年下来，写秃了500多支笔。但还是没有找到生花的笔。他又问老师："怎么这样难？"老师又勉励他，并给他写了"锲而不舍"四个字。再过几年，又写秃了500支笔。终于有一天，王安石觉得文思泉涌，落笔如神。"春风又绿江南岸"的名句，就是这样来的。他猛然醒悟，我终于找到生花之笔了。

这个故事告诉我们，任何成功，都并非一日之功。要想妙笔生花，就得勤学苦练。

王冕学画

古代有很多历经艰辛自学成才的故事。王冕就是其中的一个。王冕，浙江诸暨人，元朝著名画家、诗人、篆刻家。

王冕出身贫寒，家里很穷，只能靠给财主家放牛维持生计。一日，王冕正在湖边放牛。这时，雨过天晴，美丽的景色深深吸引了他。他想，要是能将此情此景画下来该有多好啊！没有笔墨，怎么办呢？聪明的王冕灵机一动，何不将草棍当作笔，就在地上学画。

从此以后，王冕天天一边放牛，一边在地上画画，直到天黑才回家。就这样，日复一日，年复一年，经过多年悉心观察花草、山水，经过多年琢磨、训练，王冕终于靠自学成为画家、诗人。他以画梅著称，尤工墨梅。他的诗作，轻视功名利禄，同情百姓苦难，有《竹斋集》三卷，续集两卷。

这个故事告诉我们，业精于勤。只要立志，只要肯下功夫，一定可以实现人生目标。

药圣李时珍

李时珍，湖北薪春县人，明代著名医药学家。著有《本草纲目》等多部医药著作，被后世尊为"药圣"。

李时珍的祖父、父亲都是医生。李时珍23岁随父学医，医术高，态度好，在当地很有影响。38岁时被推荐上京当太医。后辞职回乡。

1552年，李时珍着手编写《本草纲目》。以《证类本草》为蓝本，研读了800多部医药书籍。医者仁心，为求证药性，李时珍亲历亲为，多次外出实地考察草药，"搜罗百民"，"采访四方"，足迹遍及湖广、江浙等多个省份。有些草药，他亲身犯险试尝，弄清了许多疑难问题。李时珍潜心编写《本草纲目》达27年，其后边实践边修改13年，历经40年完成。

《本草纲目》凡16部、52卷，约190万字，吸纳药物共1892种，辑录民间草方11096则，药物生态图1100余幅。李时珍呕心沥血，潜心著述，为人类医药事业做出重大贡献。

鲁迅与时间

鲁迅一生只活了 55 岁。他为我们留下了 640 万字的作品。有人做过统计，从 1918 年 5 月发表第一篇小说《狂人日记》起，到 1936 年 10 月逝世止，鲁迅从事写作 18 年，每年平均写作 35 万多字。

鲁迅说过："时间，就像海绵里的水，只要愿挤，总还是有的。""我只不过是用别人喝咖啡的时间用于写作罢了。"每天，白天忙于活动、接待来访，他都要到深夜才能开始写作，一直写至凌晨三四点。有时睡觉，连衣服也不脱，就像战士伏在战壕里，打一个盹，醒来之后又继续工作。

逢年过节，鲁迅也和平日一样辛勤耕耘。1925 年的除夕夜，他编成了《华盖集》，写了 1000 多字的《题记》；1933 年的除夕夜，他编成了《南腔北调集》，写了 1000 多字的《题记》；1935 年的除夕，也就是他生命最后的一个除夕，又编了《且介亭杂文二集》，写了《序记》《后记》。

鲁迅的一生，是勤奋的一生、战斗的一生、奉献的一生。他的一生，最重要的是使命，是责任，是时间。

叶挺秉公执军纪

叶挺"铁军"，在北伐战争中立下显赫战功。所到之处，敌军闻风丧胆。"铁军"不仅英勇善战，而且纪律严明。铁的军队，铁的纪律，并非生来就有。这还得从叶挺从严治军说起。

1925 年，叶挺担任国民革命军第四军独立团团长。当时，独立团驻扎在广东肇庆。由于该团官兵来自四面八方，成分相当复杂。曾有一度，军纪涣散，战斗力差。叶挺决定加强整顿。

有一天，叶挺接到报告，抓到一伙聚赌军人，带头的就是叶挺的堂弟叶石。叶石心想，我英勇杀敌，立过战功，又有堂哥当靠山，谁都不能将我怎样！叶石一脸蛮横毫不在乎。叶挺认为，军队的战斗力在于纪律。军纪如山。如果亲戚违纪就不责罚，何以服众？何以带兵打仗？于是，叶挺当众重责叶石，禁闭三天，并将叶石从连长撸为普通士兵，以儆效尤。

叶挺秉公执军纪的故事，就这样传开了。

天使妈妈林巧稚

　　林巧稚，厦门鼓浪屿人，我国最有权威的妇产科专家。林巧稚用一双灵巧的手，不知拯救过多少母亲，不知拯救过多少胎儿，又不知迎来多少新生命的降生。

　　林巧稚勤奋好学，在医学院学习的八年中，每次考试成绩都名列前茅。老师同学们都很敬重她，也看好她。大家认为，林巧稚一生将是有情怀、有事业的人。

　　毕业以后，林巧稚凭优异成绩，考进协和医院妇产科当住院医师。从此，她把医院当成自己的家，将全部感情都用在住院的母亲和婴儿身上。她热爱妇幼事业，痴迷至深，终生未婚，满腔的爱心献给了无数个幸福的妈妈。林巧稚说过："我没有结婚，没有孩子，但我不后悔。我接生过很多婴儿，他们都是我的孩子。我愿他们一生平安快乐。"

　　很多家庭，很多儿女，都认识协和医院有一个"天使妈妈"。林巧稚大夫，是一个有大爱的人。

淘粪工人时传祥

时传祥出生在一个贫苦农民家庭。14 岁时，他逃荒流落到北京城郊，受生活所迫，小小年纪就当了淘粪工。他受尽欺凌，生活困苦，一干就是 20 年。

1952 年，时传祥加入北京市崇文区清洁队。新中国给了他做人的尊严，他对党对人民政府充满感激。他说，新中国建设，需要多种职业，淘粪也是光荣的劳动，同样可以为人民服务，为国家做贡献。

时传祥热爱本职工作，以苦为乐，任劳任怨。他当队长时，合理计算工时，挖掘潜力，把过去 7 个人一班改为 5 个人一班，提高了效率，每人每天淘粪从 5 吨增加到 8 吨。管区环境整洁了，居民也满意了。时传祥的清洁队，赢得了人们的尊敬。

1959 年，时传祥作为先进工作者，参加了全国"群英会"。国家主席刘少奇握着他的手，亲切地说："你掏大粪是人民勤务员，我当主席也是人民勤务员，这只是革命分工不同。"

这个故事告诉我们，三百六十行，行行出状元。社会自有不同职业、不同分工。人们应爱岗敬业，服务社会。

谷文昌大梦圆海岛

　　这些年，在福建东山岛，每逢传统节日，总流传这样一句话："先拜谷公，后祭祖宗。"

　　这是怎么一回事呢？在 20 世纪 50 年代，东山有个县委书记叫谷文昌。他一心为民，尽职尽责，带领海岛人民植树造林，根治风沙，使东山岛成为"东海绿洲"，成为富庶之乡。东山人民敬重他，怀念他，尊称他为"谷公"。逢年过节，海岛百姓纷纷用民间风俗来纪念他，因此有"先拜谷公，后祭祖宗"的说法。

　　当年，谷文昌刚刚踏上东山岛时，那里生态环境极为恶劣，风患沙害肆虐，农地常常颗粒无收。风灾之患，沙灾之害，使很多村很多百姓沦为乞丐。谷文昌发誓，要根治风沙，植树造林，彻底改变东山面貌。他说："如果不能治服风沙，就让风沙将我埋了吧。"

　　于是，谷文昌深入实地调查研究，科学分析土壤成分，请教专家寻找适宜树种。风里来，雨里去，多次引种、试验、求证。从 1954 年年初到 1958 年年末，历经五年的艰辛努力，木麻黄终于在海岛试种成功，并迅速大面积推广。一排排防护林带相继建成，光秃秃山头丘陵绿树成荫。东山岛变成"东海绿洲"，东山人民过上了幸福富足的生活。谷文昌的艰苦创业建设美丽海岛梦，圆了。

在东山，还传诵着很多谷文昌的故事。关于"兵灾家属"，关于"防护海堤"，关于"兴修水利"，等等。谷文昌是一座"绿色丰碑"，为人民所敬仰，为后人所铭记。

县委书记焦裕禄

1962 年秋天，河南兰考县遭受内涝、风沙、盐碱三害最为严重的时刻，焦裕禄到兰考县任县委书记。

焦裕禄出身贫寒，深知农民疾苦。他立下誓言，就是有天大的艰难，也要杀出一条路来，改变兰考面貌。上任第二天，焦裕禄深入灾害最严重的村庄调查研究。一个月里，他到过沙丘，到过碱地，到过涝洼地，到处都鼓励群众，要坚定信心战胜困难。他对大家说："兰考是个大有作为的地方。问题是要干，要革命。"

焦裕禄想，要想战胜灾害，不能单靠主观愿望，单靠一腔热情，而是要深入掌握情况，制订科学规划。于是，他抽调 120 名干部、老农、技术员，组成一支三结合的"三害"调查队，展开大规模的实地调查。通过调查，周密制定了改造兰考面貌的规划蓝图。

按照规划，焦裕禄开始一件一件抓落实。他先抓好韩村、秦寨、赵垛楼、双杨树四个村的典型，以点带面，在全县铺开。在治"三害"的日子里，焦裕禄忍着肝病，风里来，雨里去，有时忙得连饭都顾不上吃。他说："当群众最困难的时候，我们要出现在群众的面前。"看到这样一位心里只装着兰考、装着百姓的好书记，群众经常被感动得直流泪。

　　自力更生，艰苦奋斗，兰考面貌正在一步步转变。很多村的农地，开始有了好的收成，百姓家庭开始有了余粮，告别了半年靠救济粮、半年靠乞讨的日子。正在此时，焦裕禄却住进了医院。一查，诊断书写下："肝癌后期，皮下扩散。"医生怀着沉重的心情说："焦裕禄最多还有 20 天时间。"原来，焦裕禄长期带病坚持工作，为了兰考，他不忍放下工作早日住院治疗。疾病的折磨与超负荷的压力，过早透支了焦裕禄的生命。在最后的日子，焦裕禄依然关注着兰考。他说："我活着没有治好沙丘，死了也要看着你们将沙丘治好。"

　　焦裕禄，县委书记的榜样，共产党员的榜样。他全心全意为人民的精神，是当代社会的宝贵财富，正在激励人们艰苦创业奋发图强。

时代楷模黄大年

2009 年 12 月 24 日，黄大年教授风尘仆仆，走下飞机。他回到了祖国。

黄大年，广西南宁市人，国家知名战略科学家、吉林大学教授。2017 年感动中国十大人物。2017 年 1 月 8 日，因长期辛苦从事科研工作积劳成疾，黄大年英年早逝，年仅 58 岁。

1981 年 12 月，黄大年毕业于长春地质学院。1992 年，带着科技强国的心愿，他被公派赴英国攻读博士。赴英期间，他牢记当年毕业誓言"振兴中华，乃我辈之责"，勤奋读书，刻苦钻研，成为国际著名的航空地球物理专家。

2009 年，国家启动引进海外高层次人才的"千人计划"。面对祖国召唤，黄大年报国之心极为炽烈。花园、别墅，阻碍不了他回国的步伐。他毅然决定回国担当重大科研课题，填补我国海底关键领域技术空白。

回国七年间，黄大年带领数百名高级研究人员，夜以继日协同攻关，创造了多项"中国第一"，为我国"巡天探地潜海"填补了多项技术空白。有了黄大年，我国海底探测能力达到国际一流水平，有些领域处于国际领先水平。

"我是国家培养出来的，从来没觉得我和祖国分开过，我的归宿在中国。""回国的根源就是情结问题。我怀念着养育我成长的这片土地。"黄大年是一个至诚无私的爱国者，勇于奉献，勇于担当，把对祖国最深沉的爱融入生命的最后一刻。

时代楷模黄大年走了。但他的爱国精神永在，他的敬业精神永在，他的奉献精神永在。大力弘扬社会主义核心价值观，黄大年是我们光辉的榜样。

罗阳生死为战机

长使英雄泪满襟。罗阳，人们永远记着这个名字，历史永远记着这个名字。

罗阳，辽宁沈阳人。沈阳飞机工业（集团）有限公司董事长、总经理，飞机设计专家。2012 年 11 月 25 日，随中国首艘航母"辽宁舰"参与舰载机飞降训练的罗阳，突发急性心肌梗死、心源性猝死，在工作岗位殉职，年仅 51 岁。

罗阳，一生坚持航空报国。高考时，他填写的志愿全部是"军工类"。1982 年，罗阳大学毕业进入沈阳飞机设计研究所，成为一名飞机设计师。他说："外国人能干成的事情，中国人同样能干成。""航空报国是使命，不是荣誉。"

2002 年，罗阳走马上任，担任中国歼 -15 等多个型号战机的研制现场总指挥。2012 年 1 月，罗阳担任中国第一艘航空母舰舰载机歼 -15 研制现场总指挥。难度高，任务重，时间短，重重考验摆在罗阳面前。罗阳不服输，不懈怠，劳心劳力，没有一刻休息。仅用 10 个月时间，从设计草图到成功起飞，创造了飞机史上前所未有的奇迹。罗阳殉职时，"沈飞"的技术人员含着热泪说：

"罗阳太爱国家，太爱飞机，他是累死的。"

罗阳殉职后的第二天，习近平总书记说："罗阳同志秉持航空报国的志向，为我国航空事业发展做出了重大贡献，他的英年早逝是党和国家的一个重大损失。"

仁义篇

周公礼贤下士谋兴国

周公，姓姬名旦，周文王的儿子。他的封地在周，爵位上公，所以后人称他为"周公"。

相传，周公孝敬父母，是当时有名的孝子。周文王在世时，经常表扬他的孝心。他倡导仁爱，主张安抚天下，礼敬百姓。他的哥哥姬发继位，称"周武王"。周公一心辅佐哥哥，讨伐商纣。周公身体力行，说到做到，为周朝建立制度、发展农桑、安定社会做出了贡献。

后来，周公又辅佐周武王的儿子、年幼的周成王治理天下。史料记载，周公极为重视人才。他说，治国兴邦，在于人才。因此他无论是在洗头，或者在吃饭，一听到有贤人来访，马上就停了下来，热情接待。成语"握发吐哺"，讲的就是周公礼贤下士的故事。

"周公吐哺，天下归心"，称赞的是周公的人品。周公为了国家发展，礼贤下士，尊重人才，实在值得我们现代人学习、仿效。

召公治政

召公(名字不详),西周初期的大臣,曾经辅佐周武王伐商灭纣。周武王去世后，召公与武王弟弟周公一起，辅佐年幼的周成王治理国家。史称"召公治政"。

召公经常轻车简从，深入民间了解百姓疾苦。百姓有啥困难，有啥需要，都可向他反映。召公心怀百姓，做了很多恩惠百姓的好事，老百姓都记住了他的功德。

传说，有一次他巡视南方，途中曾在一棵甘棠树下停歇休息。他去世后，百姓十分怀念他，便将这棵树完好地保留下来。《诗经·召南》就写道："甘棠树，高又大，莫剪它呀，莫砍它，召公曾在那树下休息。"这一句诗，充分体现了百姓对召公的爱戴之情。

这个故事告诉我们，为国家谋事，为百姓服务。只有善待百姓，才能赢得百姓的爱戴和怀念。我们现代人所说的为人民服务，就是这个道理。

不吃"嗟来之食"

春秋时期，有一年齐国发生饥荒，到处都是难民。

有一个富翁叫黔敖，想做点好事，每天都叫下人做好饭食，摆在路边，让路过的难民填饱肚子，渡过难关。

有一天，路上走来一个难民。难民神色萎顿，想必已饿了多天。黔敖站了起来，手里端着饭菜，大声对那人吆喝说："喂，过来吃。"

谁知那个难民非但不吃，反而站直身子，一脸庄重，傲然以对，说："我正是不吃嗟来之食，以至于饿成这样。"

虽是受苦难民，但也有人性尊严。黔敖发现自己错了。于是，他赶紧上前认错，恳请这个难民吃饭。

这个故事告诉我们，做点好事，帮助别人，值得大家称赞。但是，千万要尊重别人，平等相待。

季文子勤俭治家

春秋时期，鲁国有一个三朝相国，叫季文子。

季文子虽然身居相位，有权有势，也有高的薪俸，但生活十分节俭，从不奢华，更不会浪费东西。

有一次，家里来了一群客人。季文子的夫人想，客人上门，理应热情，就多烧了几个好菜。季文子对夫人说："热情接待客人理所应当。但不应如此铺张，更不要浪费。"

有一天，一个部属劝他：您贵为三朝相国，也应讲讲面子，整整排场。这才符合您的身份。"季文子说："我身居相国，更应为天下百姓着想。鲁国百姓，还有很多人缺衣少食。如果只顾个人享受，不去关心百姓生活，我还配当这个相国吗？"他的部属听后，感到惭愧，对季文子说："我现在才明白，您为什么能够担任三朝相国了。"

这个故事告诉我们，为官要持俭、养廉，多想想百姓，多关心百姓生活。

程婴救孤

春秋时期，晋国晋景公重用奸臣屠岸贾。屠岸贾陷害忠良赵盾，逼他致死，就连赵家 300 余口，也被满门抄斩。仅有一个半岁的孤儿，被门客程婴冒死设法救出。

屠岸贾为了斩草除根，到处搜寻赵氏孤儿下落。搜寻不着，竟然下令要杀光晋国半岁左右的婴儿。程婴为保卫晋国小儿生命，毅然决然将同龄亲生儿子冒充赵氏孤儿代为受戮，极为忠勇惨烈。程婴的壮举，消弭了晋国一场巨大灾难。

20 年后，赵氏孤儿长大成人，文武双全。程婴将赵氏一门惨案绘成图卷，告知赵氏孤儿，让他明白真相。在程婴等人的筹划下，历经艰险，赵氏孤儿终于为国除奸，为赵家报仇。

赵氏孤儿的故事，体现了程婴忠勇爱国、义薄云天。这个故事，后人将它编成多种剧目，千古传颂。

为仁由己，
而由人乎哉？
　　——孔子

孔子的故事

孔子，名丘，字仲尼，春秋时期鲁国人。中国古代伟大的思想家、教育家、政治家。孔子创立了儒家文化，主要内容为仁、义、礼、智、信等。

相传，孔子最早创办了私塾，也即学校。孔子教育学生，以儒家典籍《诗》《书》《礼》《易》等为教材，培养了很多人才。孔子提倡"有教无类"，据说弟子有 3000 人，其中贤才 70 人。

孔子曾率学生周游列国，宣扬政治主张。主要观点是"克己复礼"，以礼治天下。可是，春秋时期，周室衰微，战乱四起，文化思想纷纷扬扬。孔子的政治主张，未能引起诸侯各国重视。

孔子创立的儒家思想和儒家文化，是中华传统文化最为重要的部分，是中华民族宝贵的精神财富。时至今日，孔子仍被列为"世界十大文化名人"之首。

这个故事告诉我们，只要对人类社会做过突出贡献，不管其历史年代多么久远，人们都将怀念他，永远地记住他。

三人行必有我师

孔子，中国古代伟大的思想家和教育家。

有一次，孔子和学生们正在赶路，一个孩子挡在路中央。原来，这个小孩正在路上用石块垒一座城池。孔子上前，叫那个小孩让一让。那个小孩却不相让，理直气壮地说："我只知道，世上只有车绕城而过，还没有人拆城池给车让路的。"孔子想，这个小孩说话在理，便绕路走了。

事后，孔子非常感慨，对学生们说："三人行必有我师。这孩子虽小，却能说明事理，可以做我的老师了。"

这个故事告诉我们，谦虚是一种美德。每个人身上都有值得学习的地方。以平等的态度对待人，既是孔子闪光的地方，也是现代社会为人处世应有的态度。

荀子尊师重教

荀子，名况，字卿，战国末期鲁国人。中国古代著名思想家、文学家、政治家，儒家思想的代表人物。他的主要著作是《荀子》。

荀子劝人学礼，劝人修身。荀子说："人无礼则不生，事无礼则不成，国家无礼则不宁。"在荀子看来，礼，对于每一个人，对于社会，对于国家，都是至关重要的。

相传，荀子很是尊敬老师。年少时读书，将老师看得像父亲一样"亲"。上课时，认真听讲；下课后，毕恭毕敬。遇到不明白的事，总是及时请教。有一次，老师生病了。荀子为老师请医，为老师煎药，悉心照顾老师。他说，"学生要尊重老师，礼敬老师，老师才会耐心讲授知识，尽职尽责培养学生。"

这个故事告诉我们，尊师重教，教学相长，学生才能学有所成，社会才能文明进步。

张良拜师

张良，秦末汉初人。张良是韩国丞相的后代。秦始皇消灭韩国后，张良为了报仇，收买了刺客，在博浪沙策划刺杀秦始皇未遂。为逃避追捕，在下邳躲藏起来。

一日，张良信步来到村边小桥，迎面遇见一个褐衣老人。那老人见张良上桥，端详了一番。突然，老人踢落鞋子，叫张良下桥去捡。张良捡鞋上桥，老人又得寸进尺，叫张良替他穿鞋。张良二话没说，就半跪着为老人穿鞋。老人大笑说："你这个小子可教。五天后清晨，我们桥上再见。"

第六天清晨，张良来到桥上。老人已经等在桥上，一见他便生气地说："后生与老人相约，反而迟到，太不像话！得，五天后再见吧！"说后飘然而去。

又过了五天，雄鸡刚啼，张良急忙赶到桥上。老人早到了。老人又是生气，叫张良五天后再来。再过了五天，张良索性不睡，提前大半夜来到桥上。这一次，他比老人早到了。老人见到张良，高兴地说："这才像样。"说着，取出一部书交与张良，要张良回去之后细细阅读。张良刚要叩谢老人，可老人一晃就不见了。

天亮时，打开书本一看，原来是辅佐周武王兴国 800 年的姜太公所著的《太公兵书》。这是一本难得的奇书。从此，张良日夜诵读，反复研讨，终于精通文韬武略。后来，张良当了汉高祖刘邦的军师，辅助刘邦南征北战，夺取天下，建立了汉朝。

这个故事告诉我们，心诚则灵。只要谦谨虚心，勤奋好学，就必定能够收获成功。在现代社会，张良拜师，对我们仍有启示作用。

韦贤教子

《三字经》讲："人遗子，金满籯；我教子，惟一经。"这两句话，说的就是韦贤教子的故事。

韦贤，西汉时邹城人。他为人勤奋好学，精通《诗经》《礼记》等古代典籍，被称为"邹鲁大儒"。昭帝闻其美名，特地聘他担任经学博士。自此，他进入朝廷任职，常为昭帝讲授《诗经》。汉宣帝继位，韦贤受到重用，担任丞相。

韦贤有四个儿子。由于他重家教，经常督促儿子学习，每个儿子都有知识，有才干，也很有出息。有当县令的，有当太守的，最小的儿子韦玄成才学超群，也像韦贤一样，担任丞相。韦贤说："留给子孙满筐黄金，不如教他们受用终生的一经。"在韦贤看来，还是耕书传家好。

韦贤教子的故事，流传下来，成了千百年来人们仿效的典范。

这个故事告诉我们，授之以鱼，不如授之以渔。现代社会，父母教育子女，应当注重"授之以渔"。

我教子，惟一经。

——《三字经》

卜式重义轻财

西汉时期，有一个商人，名叫卜式。卜式还有一个弟弟，叫卜微，比他年少五岁。在卜式 20 岁的时候，父母都去世了。他很悲痛。他想，要替父母将弟弟照顾好。

过了三年，弟弟长大成人了。兄弟分家，卜式将家中财物，大都让给弟弟，有新盖好的房屋，还有街上做生意的三间铺面。他自己只要了 100 只羊。他认为靠自己劳动，辛苦些，将这 100 只羊养好了，生活就可以过下去了。

过了十年，卜式的羊群繁殖起来，到了上千只。他也置办了土地，盖起了房屋，日子过得富足。这时，弟弟却因经营不善，蚀了老本，生活陷于贫困。看到弟弟这般境地，卜式有点后悔。"授人以鱼，不如授人以渔"，当年真该教教弟弟如何经营生意。卜式又将自己的财产分了一半给弟弟，并教育弟弟好好治家。有人劝他说这样做，太憨。他说，兄弟友爱，互相照顾，情义比财物更重要。只要辛勤劳动，便可以过上好日子。

当时，匈奴经常袭扰汉朝边境，汉匈战争不断。后来，卜式又将自己的一半财产捐给国家，用作伐匈军资。由小义至大义，卜式重义轻财，传颂千古。

杜甫与打枣老妇

唐朝诗人杜甫，一生写了 3000 多首诗。他与唐朝另一位诗人李白齐名，并称"李杜"。关于杜甫，有很多爱国爱民的故事，被广为传颂。

杜甫辞官，远离家乡，曾经居住在成都草堂。草堂前面，杜甫种了几棵枣树，每年总是果实累累。有一天，杜甫正在堂屋看书，忽然听见外面"啪"的一声，似有东西落下地来。杜甫知道，外面有人正在偷偷打枣。

走出门外一看，是一位满头白发的老妇人，正在打枣。老妇人看到杜甫，神色有些仓皇。杜甫上前问道："为何到这里打枣？"老妇答道："儿子前几年打仗死了，剩下我一人。家中无粮，实在没有办法，想打些枣充饥。"杜甫经历"安史之乱"，深深感受人间悲苦。听了老妇人的话，满腹心酸，忙帮着老妇打起枣来。临走时，杜甫还送了一些粮食给老妇。

杜甫的诗被后人称为"诗史"。他在"三吏""三别"等诗中，写了很多这样的人间故事。

杜环代人养母

明朝时，有一位贤人杜环。杜环做人讲仁义，重孝道。认识杜环的人都夸奖他，也尊敬他。

一次，杜环得知一个消息——邻村有个老人，儿子外出多时，无人赡养服侍，日子过得很是困苦。杜环想，老人有困难，我不能袖手旁观。他决定先赡养这位老人，再帮老人慢慢寻找儿子。

后来，老人的儿子虽然找到，但与老母见上一面后，便又再寻借口溜掉，从此再也没有露面。杜环说："我既已赡养，就应坚持到底。老人的儿子有错，应当给予斥责。儿子有错，但不能影响老人的生活。要让老人与其他老人一样，能安享晚年。"

从此，杜环坚持赡养老人，待她如同亲生母亲一般。

这个故事告诉我们，要乐于助人，孝顺老人，做一个有道德修养的人。

宋太宗雪中送炭

宋太宗他是北宋第二任皇帝。

有一年冬天，京城连日下起大雪。大雪纷飞，天寒地冻。很多百姓家里断粮断炊，也没有木炭取暖，实在又饿又冷。

宋太宗听到这个消息，心生不忍，马上派人到外地采购粮食，运送木炭。之后，宋太宗又急忙吩咐京城官员，赶紧将这些粮食、木炭，分发给生活困难的百姓。下大雪的日子里，宋太宗及时为京城百姓送粮食、送木炭，救助了很多濒于危亡的穷人。

后来，有史书记载说，那一年，宋朝最好的喜讯是"雪中送炭"。再后来，"雪中送炭"，也就作为历史典故留传下来。

这个故事告诉我们，当权者要时常想起百姓，帮助百姓。老百姓就会永远记住他们，颂扬他们。

范仲淹讲天下观

范仲淹，北宋人，当过将军，后来官至宰相，著名政治家、文学家。

范仲淹2岁时父亲就去世了。母亲带着他，贫苦无依，只得远嫁他乡。幸好继父看范仲淹勤奋好学，想尽办法供他读书。他在私塾读书时，曾经"划粥苦读"，在当时传为佳话。

范仲淹有过苦日子，对困难百姓怀有爱心。当官后，经常拿出自己的薪俸，资助穷人。他的生活极为勤俭，吃家常菜，穿普通衣服。年纪大了，家人在苏州选置一处房舍，想让他静心养老。他听人说，这处房舍风水极好，山清水秀，是办学堂的好地方。于是，他将这处房舍捐献给当地政府，用于办学堂培养人才。

范仲淹登岳阳楼时，曾经写下杰作《岳阳楼记》。其中"先天下之忧而忧，后天下之乐而乐"一句，表达了他的"天下观"，传诵千古。

这个故事告诉我们，当官要胸怀天下，心中装着百姓。古代如此，现代也如此。

于谦两袖清风

　　于谦是明代著名的清官。他曾在河南、山西做过地方官。当时，皇帝明英宗一味追求玩乐，不问国事。太监王振恃宠专权，朝廷贪腐成风。按照朝廷规定，各地地方官员，每年都要到京城述职。为保住乌纱帽，保住平安富贵，都要向王振送礼。

　　有一年，于谦也要进京述职。于谦轻车简从，准备动身。有一位下属好心规劝于谦："你没有准备东西送礼，进京是要触霉头的。"于谦说："我仅凭薪俸养家糊口，哪有余钱去巴结上司呀。"下属又说："哪怕送些土特产也好，表表忠心。"于谦听后，甩起两只袍袖来："有啊。这就是我要带的东西。"下属问："您带的是什么呀？"于谦答："两——袖——清——风。"

　　后来，于谦又写了一首诗，以表明自己的态度："手帕蘑菇及线香，本资民用反为殃。清风两袖朝天去，免得闾阎语短长。"

　　成语"两袖清风"，就是这样来的。

铁木真兄弟折箭

铁木真，蒙古帝国可汗，尊号"成吉思汗"。世界史上杰出的政治家、军事家。

铁木真有四个兄弟。小时候，他们兄弟五人常因一些小事计较，闹不和气。父母常常斥责他们，恨铁不成钢。

有一天，母亲把五个儿子叫到一起，取出五支箭，发给每人一支，让他们把箭折断。他们一个一个轮着来，只用手一压，"咔嚓"一声，很轻松地就把箭折断了。接着，母亲又拿出五支箭，并将箭捆在一起，让他们兄弟每人再折一次。结果，五兄弟用尽全力，也没能将整捆箭折断。母亲语重心长地对他们说，"儿呀，只有兄弟团结齐心，才能战无不胜啊。"

铁木真兄弟折箭的故事说明，只有团结，才有力量，才能战胜一切困难，取得最后的胜利。

玉不琢，不成器。
人不学，不知道。
　　　——《礼记》

忠孝篇

晏婴使楚

春秋时期，齐国有一个相国，叫晏婴。他个子不高，长相也稍差些。晏婴有才学，有气度，齐王很是信任他。

有一次，齐王派他出使楚国。那时两国比较，楚国比齐国还强些。楚王瞧不起晏婴，也想试试齐国使者，特地叫人在城墙下开了一个小小的门，想让晏婴进。晏婴知道楚人想羞辱他，便说："这是狗门，不是国门。如果我访问的是狗国，那我就从这个门进去。"楚人一听，只好打开城门，请晏婴进去。

楚王见到晏婴，一脸不屑，问："齐国怎么派你来了？"

晏婴坦然回答："我国派人出访，讲个规矩。上等国家，便派上等人物。我不中用，就到楚国来了。"

楚王一听，对他肃然起敬，忙起身道歉。

晏婴使楚，不畏强势，讲的是心勇、智勇。两国相交，讲求尊重、平等。晏婴作为使者，尽到了捍卫国家尊严的职责。

这个故事告诉我们，平等相待，既是人与人之间应当奉行的道德，也是国与国之间应当遵守的规则。

子贡为师守孝

子贡，是孔子的学生，为"七十二贤人"之一。子贡知书达礼，言行谦恭，对老师孔子极为尊敬。

孔子逝世后，他的学生们都很悲伤，含泪为他举办葬礼。古训说："一日为师，终生为父。"很多学生都执以父礼，在孔子墓旁结庐，为孔子守孝三年。

孔子离世的时候，子贡在外国做生意，并不知情。待到赶回家来，孔子的丧事已办理结束。失去尊敬的老师，子贡深为悲痛。未能及时参加葬礼，为老师送行，子贡心里很是内疚。于是，子贡自愿为孔子守孝六年，比别人多了三年。子贡说："老师生前爱我们。为老师尽孝，是我们的本分。我应该这样做。"子贡守孝，体现了学生对老师的尊重和敬爱。

这个故事告诉我们，师生之谊犹如父子之亲。现代社会也应当弘扬尊师的美德。

子路结缨而死

孔子的学生子路，不但学识渊博，位列"贤人七十二贤人"之一，还是一个勇敢的人。

有一年，卫国正在发生内乱。到处都是战场，到处都是伤亡。百姓流离失所，生活无着。子路在国外，本可躲避，但一听到消息，急忙回国。有人好心劝他："现在回国，恐会遭遇祸乱。"子路说："拿着国家俸禄，就当挺身而出，勇赴国难。我不能躲避。"

子路回国后，马上参与平乱。在战斗中，他毫不畏惧，非常英勇。有一次打仗，子路所在的军队，寡不敌众，伤亡惨重。子路被敌人刺中，帽子上的缨带也被割断了。

子路知道难免一死，便停止战斗，大声说："君子虽死，但不能让帽子脱落失礼。"于是，他从容地系好帽带，慨然倒在血泊之中。

子路结缨而死，为国尽忠，维护了军人尊严。

张苍代人行孝

张苍，是西汉时的丞相。他勤奋好学，博学多才，校正了《九章算术》，制定了历法。张苍知书达理，孝顺长辈，大家都夸他人品好。

张苍年轻时，有一位叫王陵的人，待他很好，事事都照顾他。张苍当官以后，没有忘记王陵的恩情。对待王陵，像对待自己的父亲一样。他说，滴水之恩，当涌泉相报。

后来，王陵去世了。过了不久，张苍当上丞相。官当大了，政务繁忙，可他一有空闲时间，就去照顾王陵的老母。嘘长问短，陪王母说话，亲自侍候王母吃饭。王母过意不去，常常劝张苍别为她操心过多。张苍说，孝敬长辈，是做人的本分。张苍代人行孝的故事，便留传了下来。张苍成为后人学习的典范。

这个故事告诉我们，孝敬长辈，帮助他人，也是现代社会应当推崇的社会美德。

汉文帝侍母

汉文帝，名叫刘恒，汉高祖刘邦的第四个儿子。汉朝初期，战争刚刚平息，百废待兴，百业待举。汉文帝即位后，励精图治，兴修水利，鼓励农桑。当时百姓富裕，天下小康，汉朝进入安定繁盛的时期。

汉文帝生活简朴，为人谦恭。他经常穿着很朴素的衣服，找人唠唠家常。那个样子，就像邻居的大叔。他对母亲很是孝顺，尽管事务繁忙，每天都要腾出时间，到母亲住处问候。

有一次，母亲生病，下不了床。汉文帝除了上朝，还日夜精心侍候母亲。每当母亲吃药，他担心药汤太烫，自己总是先试尝过温度，适宜了，再端给母亲。母亲患病整整三年。汉文帝侍奉母亲，不言苦，不生怨，不懈怠，宫里的人都交口称赞。

汉文帝侍母至孝，实在难能可贵。被后人传为佳话。

这个故事告诉我们，孝道，既是优秀传统道德，也是现代家庭道德，应当倡导遵循。

自天子以至于庶人，
壹是皆以修身为本。
——《礼记·大学》

黄香温席

黄香，东汉时期人。黄香的母亲，很早就去世了。黄香9岁时，就开始懂事，知道应当孝敬父亲。

父亲农事辛苦，早出晚归。黄香看在眼里。黄香年纪小，知道自己不能帮助父亲干农活。怎么办呢？黄香暗暗思忖。他决定选择自己有能力做的方式，帮助父亲。夏天热，每晚他都先给父亲扇扇凉席，让父亲一躺下就能入眠；冬天冷，每晚他都上床先把被褥焐热，让父亲能舒舒服服地睡。这样的孝心，培养了一种凡事替别人考虑的性格，为他长大后干大事打下了很好的基础。

后来，黄香的故事被选入元代郭居敬编录的《二十四孝》。就这样流传开来，成了后人学习的典范。

这个故事告诉我们，讲孝顺，做好事，不在于年龄，在于用心。用心做好事，立志当好人，现代社会也要倡导这种品德。

孔融让梨

孔融，字文举，孔子第 20 世孙，我国东汉时期的文学家。孔融自小聪明好学，才思敏捷，有"神童"之称。

孔融 4 岁时，有一次，父亲买了一筐梨回家。梨橙黄橙黄的，鲜得诱人。孔融兄弟们都围了过来，等着父亲分梨吃。父亲想考考孩子们，让他们自己挑，每人挑一个。孔融年纪最小，父亲便让他先挑。孔融的小手，在筐里抓来抓去。大家都以为他会挑个大梨，没想到孔融挑呀挑，却挑了个最小的。父亲有点惊讶，问他："为什么不挑个大的呢？"他说："我年纪小，应当挑小的，大的给哥哥。"

父亲听了，非常高兴。当场夸奖孔融小小年纪，能敬爱兄长，是个知书达理的好孩子。

这个故事告诉我们，要从小敬爱长辈，礼让他人。现代社会，独生子女家庭居多，父母应当让子女融入社会，培养他们尊重长辈友爱朋友的品德。

王祥卧冰求鲤

　　王祥，晋朝人。母亲去世后，父亲又续娶了继母。继母不喜欢王祥，经常无事生非，在父亲面前说王祥的坏话。久而久之，父亲也渐渐跟着不喜欢王祥。有一段时间，王祥很是苦恼，不知怎么办才好。他照样孝顺父母。他知道，总有一天能感动他们。

　　有一年冬天，王祥的继母生病，有点嘴馋，想吃鲜活的鲤鱼。这样的季节，想到集市上去买，肯定没有办法买到。于是王祥来到河边，想为继母捉活鱼吃。此时，河已结冰，看不到鱼。王祥只好脱掉衣服，卧在冰上，用体温慢慢将冰化开，捉到了鱼。他的孝行，让继母感动。继母与父亲，也慢慢对王祥好了起来。

　　王祥卧冰求鲤的方式并不可取。但他的孝心和行动，却值得后人学习。

刘关张桃园结义

东汉末期，汉室衰弱，朝廷无序，战乱纷起，民不聊生。刘备，字玄德，是汉室宗亲。由于家道中落，刘备便以编织草席为生。他与关羽（字云长）、张飞（字翼德）相识后，三人志向相同，情投意合，在桃园结拜为异姓兄弟。他们决心为国为民，共扶汉室。

刘、关、张桃园结义后，开始招兵买马，渐渐成为一路诸侯。后来，刘备三顾茅庐，邀请诸葛亮（字孔明）出山，共谋伟业。在诸葛亮帮助下，刘备南征北战，争荆州，夺汉中，取益州，终于建立了"西蜀"政权。与曹操北魏、孙权东吴等，形成三国鼎立。

刘备、关羽、张飞桃园结拜，讲求忠义，坚守诚信。后人将他们的故事记载下来，流传至今。

这个故事告诉我们，人生在世，信义为先。信义走遍天下，古今依然。

不义不亲，
不义不近。
——《墨子》

黄庭坚洗马桶

黄庭坚是宋朝著名的书法家、文学家。他当过县令。

黄庭坚自幼丧父，生活贫困，靠母亲替人缝补衣服，勉强维持生活。看到母亲如此辛苦，黄庭坚暗下决心，长大后一定好好服侍老母，让她安享晚年。

黄母嗅觉极为灵敏。摆在卧室的马桶，如不天天刷洗，闻到马桶味道，便整天吃不下饭，也睡不着觉。于是，黄庭坚坚持天天为母亲刷洗马桶。就是当了官也不例外。黄母劝他："坚儿，为娘知道你的孝心。这刷马桶的事，你已做了多年，现在还是交给别人去做吧。"黄庭坚说："娘，你这辈子为我含辛茹苦，让我为您尽尽孝心吧。"

母亲拗不过他，只好随他。这习惯，一直坚持到母亲去世。

这个故事告诉我们，侍母尽孝，虽是小事，但亲力亲为，足见十分真情。凡事贵在坚持。

程门立雪

南宋时期，福建出了一个进士，名字叫杨时。杨时为人谦虚，勤奋好学，到处拜师求教。起初，他拜大理学家程颢为师。程颢去世后，又拜他的弟弟程颐为师。

有一次，天气有些寒冷，他与一位同学到程颐家拜访老师。适逢老师外出刚刚归来，正在午睡。他怕进屋惊动老师，两人便站在门口等候。这时，天色大变，下起雪来。雪花纷飞，越来越冷。杨时两人，坚持冒雪站在门口，不为所动，一心等候老师睡醒。

过了一段时间，程颐醒来了，发现自家门口站着两位雪人。上前一看，原来是学生杨时他们。程颐问明情况，大为感动，连声告歉，急忙招呼他们进门取暖。

程门立雪，尊敬老师，杨时至真至诚，自此流传开来。

不学礼，
无以立。
　　——《论语·季氏》

王阳明知行合一

王守仁，字伯安，别号阳明。学者称之为阳明先生，亦称王阳明。浙江余姚县人。明代著名的思想家、文学家、哲学家和军事家。王阳明《教条示龙场诸生》中讲："志不立，天下无可成之事。"王阳明"心学"核心精神就是"知行合一"。

王阳明少年勤学苦读，立志高远。13 岁时，母亲郑氏去世，对他是一种挫折，但他不坠心志。有一次，他跟老师讨论何为天下最要紧之事。他认为，"科举并非第一等要紧事"，天下最要紧的是读书，做圣贤之人，为国效忠。15 岁时，他出游居庸关、山海关，一连 15 天。纵观塞外，年轻的王阳明，已有经略四方之志。

王阳明读书慎思审问，究其真是。18 岁时，王阳明通读朱熹著作，思考宋儒"格物致知"之学。有一次，他下决心穷竹之理，"格"竹三天三夜，却什么也没发现。从此，他对"格物"学说产生怀疑，这就是中国哲学史上著名的"守仁格竹"。慎思审问而后明辨，这是王阳明学术思想的一大飞跃。

明武宗正德元年，王阳明因反对宦官刘瑾，被廷杖四十，谪贬贵州龙场当驿丞。在这既偏僻又困苦的环境里，王阳明不坠青云之志，不改报国为民初心，结合历年遭遇潜心悟道。经过艰苦探索，终于悟出"圣人之道，吾性自是，向之求理于事物者误也"的道理。龙场悟道，开启了声势浩大的阳明心学潮流，泽被后世。

王阳明一生"知行合一"，展现了军事家的卓越才能。明正德十一年，王阳明任都察院左佥都御史，巡抚南（安）、赣（州）、汀（州）、漳（州）等地。在福建平盗，肃境荡寇。在江西平叛，靖国安民。后又总督两广，平定叛军。所到之处，为国为民办了很多好事。

黄道周忠烈节义

黄道周，字幼玄，号石斋，福建东山县人（原属漳浦县）。中国古代著名的理学家、教育家、书法家。

黄道周家境贫寒，少时发奋读书，学富五车。长大后，科举得中，任过讲经官、谏议官等。黄道周一生忧国忧民，耿直忠介，曾上疏数十次，陈述政治主张。朝廷昏暗，他多次被贬，甚至坐过牢。他说："建言献策，规谏朝政，是我的职责。就是不可为，我也要为之。"

明朝末期，清兵大举侵犯中原，疆土沦丧。南明小朝廷在福州成立时，黄道周奉召任武英殿大学士（相当于宰相）。面对清兵进犯，他挺身而出，自募兵勇抗清，奋勇报国。"明知不可为而为之。"后被清兵所俘，宁死不降，忠烈节义于南京。

明末学者徐霞客评他"字画为馆阁第一，文章为国朝第一，人品为海内第一，其学问直接周、孔，为古今第一"。后人称黄道周为"一代完人"，青史留名，广为传颂。

林语堂回归祖国

　　林语堂，福建漳州人。"两脚踏东西文化，一心评宇宙文章。"他是中国文学大师，中西文化交流使者，世界文化名人。

　　20 世纪 30 年代，林语堂移居美国。他虽身居异国，但游子之心依然牵挂故国家乡。中国抗战期间，林语堂撰写抗战文章，排练抗战戏剧，以赤子之心，声援祖国正义事业。他想念故土山山水水，喜欢说闽南方言，喜欢吃家乡菜。在美国 30 年，他始终不入美国籍，坚持不肯在美国买房子。有人问他："为何？"他说："我是中国人。"

　　"还乡年纪应还乡。"20 世纪 60 年代，年届古稀的他，思乡之情日炽。于是，他全家举迁，回到祖国宝岛台湾。虽不是闽南家乡，但能处处听到乡音，感受家乡风土人情。有一次，林语堂闲来无事，去逛夜市，遇见卖东西的闽南老乡。乡音无改，攀谈起来，非常开心。他便向老乡买了一大堆家乡特产，尽管用处不大却可慰思乡之苦。

诚信篇

国王传位

从前，有一个国王，他有三个儿子。三个儿子，性格不一，办事能力各有千秋。国王到了 60 岁时，便要依照惯例选定继承王位的人。

有一天，国王将三个儿子叫到殿上，当着文武百官，对他们说："我给你们每人一个花盆，一颗种子。有一年时间，你们好好培育，好好浇灌，好好养护。明年这个时候，你们再到这里。看谁的花最为漂亮，谁就是王位继承人。"

过了一年，送花的日子到了。国王召集文武百官，都在大殿等着。老大志在必得，送上一盆盛开的牡丹；老二也满脸笑容，送上一盆鲜嫩的秋菊；唯有老三，神态平和，却只拿着空盆进来。国王对大家说："选国王，一定要选讲诚信的人。这样的人，才会对百姓好。我选定老三了。为什么？因为，我给他们三人的花籽，是被煮过的，不可能发芽、开花。今天，老三手里无花，但他心里的花，最为漂亮。"

曾子杀猪教子

曾参，是孔子的学生。他写过《孝经》，后人尊称他为曾子。

有一天，曾子回家。他的儿子曾申说："爹，你可回来了。娘说等你回来，叫你杀猪。"曾子想，猪没长大，就杀了吃？肯定是他娘随口说说，哄哄儿子的。

曾申看爹不想杀猪，就想起主意来了。他对曾子说："爹，我那个'信'字写不好，你帮我写。"曾子写了几遍。曾申又说："这个'信'字，是啥意思？"曾子兴致勃勃地做了解释。曾申又说："爹，娘要是说了杀猪，回来又不让杀，这能算信吗？"曾子一愣，恍然大悟，大笑起来："好，既然你娘答应你要杀猪，咱们就杀。"

曾夫人回家一看，曾子正在杀猪，就问："怎么杀猪了？"曾子答："你既然答应儿子了，就要算数。"曾夫人说："我只是哄哄孩子，作不得数。"曾子答："不能这样。猪杀了，可以再养。孩子要是学会不守信用，那事情就大了，会贻害一生啊。"

商鞅立木取信

商鞅，是战国时期的政治家、改革家。秦孝公奋发图强，十分倚重商鞅在秦国进行变革。为了让秦国富强起来，商鞅开始筹划改革办法。商鞅想，改革要顺利进行，就必须得到百姓的信任。

一天上午，商鞅派人在南门立起一根三丈木杆，宣布谁能将它扛到北门，赏金十两。百姓们想，这太容易了，可能吗？到了下午，木杆照常立在那里，没有人去扛。商鞅又下令，谁将木杆扛到北门，赏金提高到五十两。百姓们大都依旧瞪着眼睛，更为惊讶了。这时，有一个人，抱着试试的想法，把木杆扛到北门。商鞅马上兑现，将五十两黄金奖赏给那个人。

人们见商鞅说到做到，对他有了信任。紧接下来，商鞅实行什么改革政策，大家都积极响应。商鞅变法，因此取得了成功。秦国也因此由弱变强。

这个故事告诉我们，推行变革，关键在取信百姓。纵观古今，任何一项改革，都必须赢得百姓支持，才能成功。

自古驱民在信诚，
一言为重百金轻。
今人未可非商鞅，
商鞅能令政必行。
——王安石《商鞅》

朱晖讲信用不负友人

东汉时期，有一个名士叫朱晖。他人品好，讲信用，能帮人，受到人们的尊敬。

有一次，在外地办事时，朱晖结识了邻乡的张堪。虽刚初识，攀谈起来，却一见如故。分手时，张堪对朱晖说："如果我不在人世了，我想将家庭老小托付给你照顾。"朱晖感到奇怪，当场没有表态，只是笑了笑。

一年后，张堪病逝了。朱晖听到消息，马上赶到张家吊丧。到了张家一看，家境确实困难。张堪上有老母，下有幼子，今后依靠张妻一人操持。想起当年张堪的托付，朱晖给了张家很多帮助。

朱晖的儿子不解，说："爹，你与张堪萍水相逢，平生只见一面，为什么要这样照顾他们？"朱晖答："当时托付，我虽没有答应，但我也没有拒绝啊，就算是心里允诺了。为人要讲信用。只要我有能力，能帮就帮吧。"

与朋友交，
言而有信。
——《论语·学而》

明山宾卖牛

南北朝时，有个读书人，名叫明山宾。他家境贫寒，除了一间破屋和父亲留下的一头牛，别无他物。

有一年春天，年景青黄不接，断了粮食，家里实在揭不开锅。明山宾想，先保住性命要紧哪。为让一家老小不致饿死，明山宾只好将牛牵到集市去卖。卖了牛，就可买些粮食，渡过饥荒。等了半天，遇见一位买主，好不容易将牛卖了出去。

明山宾刚走出集市，忽然想起，这头牛有过蹄疾，如今换了主人，如果不懂正确使役，蹄疾可能复发，人家不就买回一头无用的牛吗？于是，他又急忙返回，找到那位买主，将牛的情况详细做了说明。同时，他又退还了买主一些钱。做完这些，明山宾才心情轻松地回家。

这件事传开后，人们都在称赞明山宾为人诚实的美德。

查道的信义

查道，宋朝人。查道讲礼节、重信义。认识查道的人都相信他，认为他无论何时何地，都不会做违背信义的事。

有一次，他与仆人挑着礼物，去邻县看望亲戚。走着走着，已到中午时分，大家都饿了。停了下来，左找右找，都找不到吃饭的地方。怎么办呢？仆人建议，礼物中就有食物，可拿些东西先充饥。就地取材，这是最为简单的应急办法。况且，礼物尚未赠送亲戚，也算是自家东西。

查道却不同意，他说："礼物既然要送人，就应当作人家的东西。没有征得人家的同意，我们怎么能随便取用呢？"仆人一听，觉得有道理，便不再言语了。查道又说："事先并不知道中途找个吃饭的地方有这么难。没有做好安排，是我的不对。大家忍耐一下。再往下走，应该可以找些东西来充饥。"

这个故事告诉我们，信义自在心中。

金榜题名娶盲女

北宋文学家苏东坡，写了一篇《书刘庭武事》。文中记载刘庭武诚信守义的故事，读来令人感动。

北宋时，有一个齐州人叫刘庭武。他勤奋苦读，学识渊博。同乡有个年纪相当的姑娘，贤惠、勤劳。经过双方父母同意，两人订了亲。这年秋天，刘庭武辞别姑娘赴京赶考。

第二年春天，刘庭武金榜题名，中了进士。朝廷命他出任密州通判。出任前，趁着有一段假期，刘庭武决定回乡结婚。一回到家，发现姑娘于元宵时节生病，已变成了盲女。有人劝刘庭武说："你已当官，应当有一房好夫人，还是另娶别人吧。"刘庭武说："我们已有婚约，她就是我的妻子。如果因为她遭遇不幸，就抛弃她，我便言而无信。我还配做人吗？更不要说当官了。"

刘庭武富贵不弃盲女，重信守约，被传为佳话。

晏殊讲诚信

北宋时期,有一个读书人,叫晏殊。他家里虽穷,读书却很用功,博学多才。少年时期,晏殊就文名远扬。

宋真宗闻知后,便想当面求证,特地召他到宫廷考试。宋真宗叫人拿出一份考卷,让晏殊解答。晏殊一看,对宋真宗说:"这份考卷,是今年大考试卷,我十几天前就做过了。请另选试卷。"宋真宗赞赏晏殊讲实话。在对晏殊进行考试后,赐给晏殊"同进士出身"。随后又请晏殊在翰林院任职。

有一次,宋真宗想为太子选一名读经官。权衡之下,选中了晏殊。原因是晏殊终日苦读,不像其他官员,经常结群结伴夜游夜宴。晏殊上朝答谢。答谢完后,晏殊又对宋真宗说:"我也喜欢夜游夜宴。只不过,我素来经济窘迫,无法与同僚们一道参加。"宋真宗再次感到晏殊为人的诚实,对他大加表扬。

晏殊因为诚实待人,勤勉从政,一度总理国事。晏殊极富文学天赋,善于写诗填词。千古名句"无可奈何花落去,似曾相识燕归来",就是晏殊写的。

梁灏借书

北宋时，梁灏于 82 岁考中状元，一时传为佳话。梁灏少时借书的故事，也渐渐流传开了。

梁灏幼时父母早逝，由叔父收养。他从小喜好读书，但因家境贫寒买不起书。他只好跟别人借书来抄，然后再仔细阅读。梁灏对借来的书非常爱护，而且也很守信，每次都按时归还。

一个冬天的晚上，夜很深了，梁灏还在抄写一本厚厚的书。叔父一觉醒来，就对他说，"天这么冷，你抄了一天了，还是明天再抄吧。"梁灏说："我明天要将书还给人家，做人一定要守信用的。"叔父笑了，说："人家书很多，不急着用这本，迟一天没关系的。"梁灏说："我向别人借书一向守信。如果这次违约了，今后就没有人肯借书给我了。"等梁灏抄完书，天都亮了。

第二天，梁灏准时将书还给主人。主人很惊讶，为梁灏的守信所感动。主人说，"一件小事，看出一个人的品行。梁灏会有大出息的。"

天下兴亡，匹夫有责

顾炎武，明末清初著名的思想家。"天下兴亡，匹夫有责"，就是顾炎武提出来的。

顾炎武自幼好学，6 岁开始读书，10 岁开始读史。11 岁时，顾炎武的爷爷就要他读完《资治通鉴》。爷爷语重心长地对他说，"读书要认真，做学问要踏实，不能不求甚解，泛泛而读。"爷爷的话，对他教育很大，成为他的座右铭。

顾炎武读书，喜欢做笔记，随时将心得写下来。写下来后，如有空暇，便再拿出来看，琢磨一番，思索一番。有好的想法，就添上去，修修补补，直到满意为止。经过日积月累，顾炎武将自己的读书心得编成一部书——《日知录》。这部书内容丰富，史料翔实，有诸多精辟见解，对后世极有影响。

这个故事告诉我们，读书也好，做学问也好，既要博学，又要善于思考，善于归纳和总结。

生来一诺比黄金。

——顾炎武

友善篇

孙叔敖善心办善事

春秋时期，楚国有一个宰相叫孙叔敖。这个人是司马迁《史记·循吏列传》记载的第一位好官。

孙叔敖小的时候，有一次，在路上看见一条"两头蛇"。孙叔敖刚看见蛇时，很是害怕。但转而心想，如果不将蛇打死，蛇便会咬人。于是，他壮起胆，忙找一根木棍，将蛇打死。打死蛇后，又怕别的孩子看见产生害怕，又将蛇埋掉。回家后，孙叔敖将打蛇的事告诉母亲。母亲安慰他说，"儿呀，不要怕，你这是善心办善事，有好报的。"孙叔敖记住了母亲的话。

孙叔敖有善心，读书又用功，很多人都赞扬他。长大后，孙叔敖当上了官。他修筑了据称是中国第一座水利工程——期思陂，预防水害，保障农田丰收。再后来，孙叔敖当上了宰相。他不谋私利，修建了大量水利工程，发展经济，政绩显著。百姓们都说孙叔敖办善事，是好官。

孙叔敖地位越高，为人越谦虚。他非但不取分外之物，还常将自己俸禄周济穷人。他死的时候，家徒四壁，丧事办得极为简朴节俭。老百姓非常感动，都流下了眼泪。

这个故事告诉我们，善心才能办善事，才能赢得老百姓的尊敬。

孟母三迁

孟子，名轲，字子舆，战国时期邹国人。中国古代著名的思想家、教育家，儒家文化的重要代表人物。与孔子并称"孔孟"。

孟子的母亲，非常重视孟子的童年教育。由于选择学习环境，孟母将居家搬迁了三次。

第一次，孟子的家住在山下。周边经常有人送葬，哀乐吹吹打打。孟子与小伙伴们玩游戏，经常模仿别人家的送葬仪式。孟母觉得这样的环境不行，赶紧搬了家。

第二次，孟子的家住在镇上。镇上有很多生意人，做买卖时讨价还价。孟子与小伙伴一起，经常学习生意人讨价还价。孟母觉得这样的环境不行，又赶紧搬了家。

第三次，孟子的家住在学堂边。来往的人，大都是读书人，知书达礼的。孟母放心了，就这样定居下来。

这个故事告诉我们，儿童教育非常重要。应当为儿童选择并提供好的学习环境。

见贤思齐焉，
见不贤而内自省也。
——孔子

昭君出塞

西汉时期，有一位女子，名叫王昭君。她远嫁匈奴和亲，为汉匈和睦边境安宁做出了贡献。史称"昭君出塞"。

汉元帝时，派人从民间选了许多年轻女子做宫女，其中就有王昭君。王昭君长得很美，因为不愿贿赂宫廷画师，被画得很丑。因此也就没有机会近距离接触元帝，为元帝所宠幸。

公元 33 年，匈奴单于来到长安，要求同汉朝和亲。元帝觉得这是好事，便为单于选妃。选来选去，王昭君被选上了，派往匈奴和亲。

王昭君远嫁匈奴，帮助单于发展生产，改变落后习俗。匈奴慢慢发展起来。匈奴百姓尊敬王昭君，也感谢王昭君。于是，在王昭君远嫁匈奴后的数十年间，汉匈边境安宁，两地百姓多有往来。"昭君出塞"，成了流传千古的佳话。

这个故事告诉我们，平等相待，是民族和睦相处共同发展的重要基础。

君子莫大乎与人为善。

——孟子

刘秀不忘老朋友

刘秀，字文叔，东汉王朝开国皇帝。刘秀在位33年，大兴儒学，推崇气节。东汉一朝也被后世史家称为中国历史上"风化最美，儒学最盛"的时代。

刘秀是个重友情的人。青年时期，他豪爽慷慨，结交了一大帮朋友，大家都很谈得来。当皇帝后，他依然如故，没有忘记贫贱朋友。一天，他把故交严光请到东汉都城洛阳。严光很有学问，性格清高，做事有自己的主张。刘秀劝说严光做官，被严光当面拒绝。刘秀贵为九五之尊，并没因严光的态度生气。他认为，各人有各人的选择，各人有各人的活法。因此没有勉强严光。他与严光两人，天南地北一直聊到深夜。聊后，像青年时代一样，睡在一张床上，相抵而眠。刘秀不忘老朋友，确实值得钦佩。

这个故事告诉我们，做人不能忘本。尤其要学会尊重他人的选择。人生在世，不要以己度人，不要以人度己，更不要勉强他人。

蔡邕倒履迎客

东汉时期，有一个杰出的文学家，叫蔡邕。他博学多才，文坛地位很高，却从不高傲，非常尊重有才学的人。当时，还有一位青年才子，名叫王粲，也闻名天下。

有一天，王粲来到长安，慕名到蔡府拜访。在蔡府门前，王粲有些忐忑不安。怕初次见面，蔡邕端起架子，轻慢凌辱。没有想到，蔡邕听说王粲来了，很是高兴，马上起身到门口迎接。由于太急，鞋子都穿反了。他把王粲迎进家中，隆重向在场宾客做了介绍。言语之间，对王粲赞赏有加，态度诚恳、友好。遇见有名望的文坛前辈如此礼遇，王粲大受鼓舞，从此学习更加勤奋。后来，王粲果然不负众望，也成为著名文学家，列居"建安七子"之一。

蔡邕倒履迎客，礼贤青年学子的故事，被流传开来。

这个故事告诉我们，要礼貌待人，尊重有才学的人。互相尊重，互相帮衬，也是当今社会所应倡导的。

济世名医孙思邈

唐朝时候，有个著名医生叫孙思邈。他孝顺父母，远近闻名。他医术高明，家乡百姓都说他是一个悬壶济世的好医生。

有一年，他的家乡因水土出了问题，很多人都得了怪病。连他的父母也未能幸免。孙思邈的父亲得了夜盲症，母亲得了"大脖子"病。看到父母这般痛苦，孙思邈想，患病的乡亲肯定也如此。我一定要想办法，既为父母治好病，也为乡亲解除灾难。

于是，孙思邈一面继续攻读医术，一面身背药篓进山采药。多年下来，他积累了丰富的药学和医学知识。有一天，孙思邈听说，太白山上有位高人会治夜盲症和"大脖子"病。他便翻山越岭，长途奔波，登上人烟稀少的太白山，虚心向那位高人请教。这位高人很受感动，慷慨将祖传秘方传给孙思邈。回去后，孙思邈不仅治好了父母的病，也为其他乡亲解除了痛苦。

孙思邈既行医，又行善，终成济世名医，千古传诵。

六尺巷的故事

相传古时候，江南某地住着两户人家。彼此为邻，仅一墙之隔。双方的主人同在朝中当官，一个是礼部尚书，一个是兵部侍郎。

有一年，兵部侍郎家要扩建，便想向外扩展出三尺。对方不愿意，认为邻居侵占了公地，影响自家居住环境。双方家人为此争吵不休，准备大动干戈。

双方各自写信，告知京城自家老爷。礼部尚书收到家信，抚髯微微一笑，提笔回复一诗："千里家书只为墙，让人三尺又何妨？万里长城今犹在，不见当年秦始皇。"兵部侍郎得知礼部尚书的态度，感到自家做错，也赶紧修书回家，劝阻此事，并要家人非但不扩，还要同样退让三尺。于是，就有了后来的"六尺巷"。

这个故事告诉我们，邻里之间要平等相待，互敬互谅。所谓"退一步海阔天空"。

郁达夫雪中探文友

沈从文是我国著名作家。他在成名之前，曾吃过不少苦。当时，他家里很穷，数九寒冬，买不起煤，屋里没有生炉子，阴气逼人。在写作时，为了御寒，沈从文常常用棉被包着脚，可双手还是被冻得红肿，苦不堪言。

有一天，大雪飘飘，沈从文被冻得瑟瑟发抖。有个陌生人敲门进来，和善地问："请问沈从文先生是在这儿吗？"沈从文起身答："我就是。"来人说，"你就是沈从文，原来你这么年轻。我是郁达夫。我读过你的文章，算是认识了。"

郁达夫看了看沈从文，连忙解下自己脖子上的围巾，给沈从文围上。见沈从文尚未吃饭，又请他到附近饭馆里吃了一顿。两人惺惺相惜，谈了很久。

临走时，郁达夫将身上仅有的三块银元都塞给了沈从文。并对他说，"要坚持，好好写下去。我会再来看你的。"

老舍践诺

作家舒庆春，笔名老舍，是一个品行高洁且重信诺的人。

1943 年，老舍住在重庆，家中有一幅齐白石的画。有一天，著名出版家赵家璧夫妇来访，啧啧称赞这幅画，并对老舍说："我对白石老人的画，真真太喜欢了。要是有生之年，能得一幅白石老人的画，那真是人生之大幸。"老舍当即允诺下来。说待到抗战胜利，一定代请白石老人作画，赠送他们。

1963 年，有一天，赵家璧到老舍家拜访。老舍忽然取出一幅画来，说："这些年来，错过向白石老人求画。这幅画，也是白石老人的画。虽然是从画商那里买来的，但挂在你的家里再也合适不过。你们同样会喜欢的。"赵家璧喜出望外，激动地说："20年了，你还牢记着当年的承诺，真难得啊。"老舍说："承诺了，就要尽量去做。一诺千金才是真君子呀。"

雷锋精神

雷锋，原名雷正兴，湖南长沙人。中国人民解放军一名普通的战士，一位具有高尚情操和奉献精神的人。1962年8月15日，雷锋因公殉职，年仅22岁。

雷锋出身贫苦家庭。参军后，他认真学习，注重修养，将做好本职工作看成干事创业的平台。他不怕苦，不怕累，总想将事情做到最好。雷锋经常说："人的生命是有限的，为人民服务是无限的。我要把有限的生命投入无限的为人民服务中去。"

雷锋的名言是，当一颗永不生锈的"螺丝钉"。他干一行，爱一行，钻一行，样样都想当"标兵"、当"模范"。雷锋为人热情，乐于助人，做了很多好事，对同志像春天一样温暖。大家都尊重他，赞扬他。雷锋多次被评为连、营、团"优秀战士"。后来，他因公殉职。短暂的生命，诠释了生命价值，焕发出夺目光芒。

1963年3月5日，毛泽东亲笔题词"向雷锋同志学习"。雷锋精神，是一种以无私奉献精神为基本内涵的革命精神。它所蕴含的信念能量、大爱胸怀、忘我精神、进取锐气，是一面永不褪色的旗帜，也是一种与时俱进的精神力量，影响着一代又一代的中国人。

图书在版编目（CIP）数据

新编古今故事 / 陈燕松编著 . ——北京：人民
日报出版社，2018.11
　　ISBN 978-7-5115-4149-9

　　I. ①新… II. ①陈… III. ①故事 – 作品集 – 中国
IV. ① I247.81

　　中国版本图书馆 CIP 数据核字（2018）第 245259 号

书　　　名: 新编古今故事
作　　　者: 陈燕松
内文插图: 李 鹏

出　版　人: 董 伟
责任编辑: 葛 倩
封面设计: 蒲 润

出版发行　人民日报出版社
社　　　址: 北京金台西路 2 号
邮政编码: 100733
发行热线: （010）65369527　65369846　65369509　65369510
邮购热线: （010）65369530　65363527
编辑热线: （010）65463486
网　　　址: www.peopledailypress.com
经　　　销: 新华书店
印　　　刷: 三河市华润印刷有限公司

开　　　本: 670mm×690mm　1/16
字　　　数: 74 千字
印　　　张: 10.25
印　　　次: 2018 年 12 月第 1 版　2018 年 12 月第 1 次印刷

书　　　号: ISBN 978-7-5115-4149-9
定　　　价: 28.00 元